배우,
미친 흡입력

배우, 미친 흡입력 2

이산책 장편소설

초판 1쇄 찍은 날 § 2018년 2월 12일
초판 1쇄 펴낸 날 § 2018년 2월 19일

지은이 § 이산책
펴낸이 § 서경석

총괄팀장 § 최하나
편집책임 § 이종식
편집 § 김경민

펴낸곳 § 도서출판 청어람
등록번호 § 제387-1999-000006호
등록일자 § 1999. 5. 31
어람번호 § 제1-2849호

주소 § 경기도 부천시 부일로 483번길 40 서경B/D 3F (우) 14640
전화 § 032-656-4452 팩스 § 032-656-4453
http://www.chungeoram.com
E-mail § chungeorambook@daum.net

ⓒ 이산책, 2018

ISBN 979-11-04-91647-2 04810
ISBN 979-11-04-91645-8 (세트)

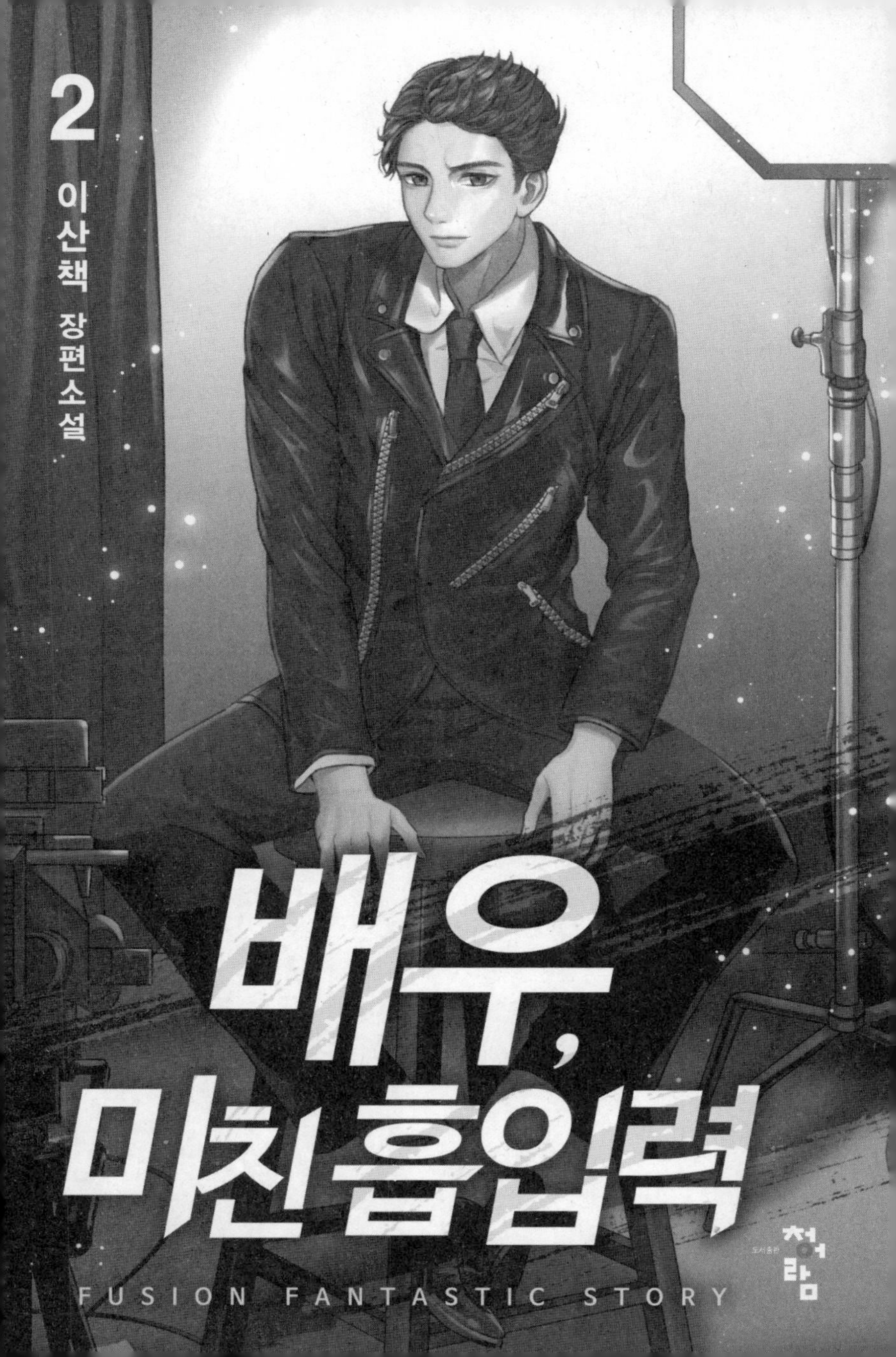
2
이산책 장편소설
배우, 미친흡입력
FUSION FANTASTIC STORY
도서출판 청어람

Contents

S# 1
CF를 따내다

'청춘은 맛있어!' 10회가 방송되기 시작했다.

김광록 피디와 유성미 작가는 손에 땀을 쥔 채 실시간으로 인터넷 반응을 검색했다.

잠시 후면 시청률 발표가 나오는 만큼 더욱 긴장된 순간이었다.

—강창구 연기력 대박 늘었다! 대역 아냐?

—ㄴㄴ 원래 우리 오빠 겁나 잘함. 이제야 빛을 보는 거임.

—근데 드라마 스케일 쩐다. 그날이 온다에 쫄려서 제작비

무리하는 거 아님?

　─우리나라에 이런 드라마 없던 듯. 엄청 신선하고 파격적이다.

　역시 주연배우인 데다 아이돌 스타인 강창구에 대한 글이 많았지만, 시간이 지나면서 나진영과 김태웅에 대한 글이 늘어나기 시작했다.

　─나진영도 이제 연기 좀 하는 듯?
　─ㅇㅇ 그동안 발연기라고 한 거 취소임.
　─근데 원래 연기 잘했지 않냐? 저렇게 무던하게 안 튀고 자연스러운 게 잘하는 거.
　─오오! 황갈 나온다. ㅋㅋㅋ 진짜 웃겨.
　─오늘은 심각한 연기인데? 근데 잘 어울리는 것 같다.
　─심지어 요즘 좀 잘생겨 보이기까지 함.
　─에이, 솔직히 잘생긴 건 아니지. 그냥 훈훈한 정도?

　하이라이트인 그랜드마스터 셰프 대회 장면이 끝나고 방현아와 황갈의 신이 방영되자 인터넷 게시판의 열기는 한층 더 뜨거워졌다.

　대부분 황갈의 웃음기 뺀 연기가 의외로 인상적이라는 반응이었다.

뒤이어 문제의 PPL 장면이 나오자, 인터넷 게시판은 순식간에 폭발하고 말았다.

―악! ㅋㅋㅋㅋㅋㅋ 미치겠다. 뭐야, 저 PPL?
―여러분, 드디어 익룡 진동 휠 이후 역대급 병맛 PPL 터졌습니다.
―마지막에 칼집에 넣는 거 저거 어떻게 한 거냐? CG냐?
―내가 예전에 말한 것 같은데, 쟤 검도 선수 출신일 거라니까. 아니면 칼잡이.
―검도 도장이 무슨 무당파냐, 저런 것도 가르쳐 주게?

'장미칼 PPL', '황갈 PPL' 검색어가 포털 사이트를 장악하면서 한동안 내려갈 줄을 몰랐다.

드라마 게시판은 거의 '청춘은 맛있어!'에 대한 얘기로 뒤덮였다.

강력한 경쟁 상대이자 블록버스터 대작인 '그날이 온다'에 대한 얘기는 소수에 불과했다.

'그날이 온다'는 대작답게 헬기가 등장하고 도심에서 대형 폭발 신까지 나오며 화끈한 물량 공세를 펼쳤지만, 도리어 화제성에 있어서는 '청춘은 맛있어!'에 밀린 것이다.

하지만 화제성이 다는 아닌 법.

문제는 시청률이었다.

역시나 승부는 시청률로 갈리는 법이기에 드라마가 끝나고 몇 시간 동안 피디는 손을 부여잡고 긴장된 자세로 숨을 골랐다.

유성미 작가 역시 지나치게 경직된 표정으로 숨도 쉬지 않고 뚫어져라 컴퓨터 모니터를 주시했다.

마침내 집계된 시청률이 뜨는 순간, 두 사람은 자리에서 벌떡 일어나 환호성을 질렀다.

'청춘은 맛있어!' 10회 시청률 9.8%.

'그날이 온다' 10회 시청률 7.3%.

"이겼다! 이겼다고! 우리가 그날이 온다를 눌렀어!"

그가 허공에 뿌린 대본이 흩날렸다.

옆에 있던 유성미 작가 역시 꺅꺅 소리를 지르며 방방 뛰었다.

"해냈어, 유 작가! 우리가 드디어 해냈다고!"

"진짜 대박! 이게 꿈은 아니죠? 야호!"

두 사람은 부둥켜안고 승리의 기쁨을 만끽했다.

*　　　*　　　*

〈엇갈린 희비, 청춘은 맛있어! VS 그날이 온다 …황금 시간대 진정한 승자는?〉

지난 9월 30일 방송된 NVC '청춘은 맛있어!' 10회는 9.8%라는 높은 시청률을 기록했다. 극 중 주인공 한해가 요리 대회를 다룬 리얼리티 프로그램 '그랜드마스터 셰프'에 출전하여 강력한 우승 후보인 중식 조리사 '쌍두룡'과 대결하는 장면은 드라마의 하이라 이트로 큰 화제를 불러일으키며 시청자들의 시선을 고정시켰다.

반면 MTBS '그날이 온다' 10회는 7.3%의 시청률을 기록하며 동시간대 드라마 시청률에서 2위로 내려앉고 말았다.

쟁쟁한 출연 배우들과 120억이라는 거액의 예산, 기획, 제작, 준비 기간만 3년이라는 시간이 걸린 명품 블록버스터 드라마 '그 날이 온다'는 저예산 웹 드라마로 기획되었다가 케이블 드라마로 확대 편성된 '청춘은 맛있어!'에 시청률과 화제성에서 모두 밀리 면서 기대만 못하다는 평가를 받고 있다.

두 드라마 모두 아직 종영까지 3주가 남은 가운데, 과연 최후 의 승자는 누가 될지 귀추가 주목되고 있다.

한세일보 황병준 기자는 기사 작성을 마친 후 두 드라마의 관련 게시물을 인터넷에서 검색해 보며 생각에 잠겼다.

유명 커뮤니티를 돌아다녀 봐도 온통 '청춘은 맛있어!'와 관련된 이야기뿐 '그날이 온다'에 대해서는 좀처럼 게시물이 올라오지 않고 있었다.

시간이 갈수록 그러한 추세는 더욱 심해졌기 때문에 두 드라마의 최종 승부는 안 봐도 뻔했다.

'정말 뜻밖인걸. 종편의 슈퍼 블록버스터가 B급 트렌디 드라마에 완패하다니… 완성도로 비교하자면 그날이 온다가 압도적인데 말이야.'

연예부 기자로 잔뼈가 굵은 그였지만 이번처럼 예측이 완전히 빗나간 적은 많지 않았다.

B급 드라마가 갑자기 입소문을 타고 화제가 된 경우는 있었다.

하지만 이번에는 단순히 그렇게만 볼 수는 없었다.

물론, 아이돌 스타인 강창구가 주인공을 받았고 원로 배우인 고강호가 특별 출연을 했다.

그래도 그것만으로는 흥행의 원인을 설명하기에 턱없이 부족했다.

'의외로 별것 아닌 게 이유가 될 수 있지. 황갈 역의 김태웅. 내 감이 맞는다면……'

'청춘은 맛있어!'가 이슈가 되기 시작한 것은 바로 주인공의 친구이자 일식 조리사인 개그 캐릭터 황갈이 인터넷상에서 화제가 되면서부터였다.

실제 그가 일하고 있는 일식집은 길게 늘어선 줄로 인해 예약을 하지 않으면 들어갈 수 없을 정도가 되었다고 한다.

그리고 요리사라기보다 검객처럼 느껴지는 칼 솜씨.

이상하게 같은 연기를 해도 한눈에 시선을 잡아끄는 매력.

'타고난 스타야. 이력이 스턴트맨이었다고 했지?'

알아본 바에 따르면 그는 액션스쿨을 수료하고 몇 년 동안 스턴트맨을 하다가 최근 개봉한 '문제의 귀환'에 출연했다.

그리고 불의의 사고를 당한 후 한동안 자취를 감췄다가 갑자기 드라마에 조연 배우로 출연하게 된 것이다.

'사고라… 뭔가 냄새가 나는데?'

그냥 간단한 이력으로 넘길 수도 있는 일이지만, 기자 특유의 직감이 그에게 의문을 품게 했다.

'오랜만에 한번 파볼 녀석이 생겼군. 재밌게 됐어. 후후.'

포털 사이트에 뜨는 프로필 사진조차 독특하기 짝이 없는 인간이었다.

요즘 누가 저런 이력서에나 쓸 법한 반명함판을 연예인 프로필 사진으로 쓴단 말인가?

김태웅 사진을 보며 혼자 실실 웃고 있는 그를 훔쳐보며 후배 기자들이 수군거렸다.

"야야, 병준 선배 왜 또 저러냐?"

"그러게. 벌써 불안해진다. 이번엔 또 누가 타깃이 된 거야?"

"조만간 또 고소 들어올 일 생기겠네. 지금이라도 안 늦었으니 누가 좀 말려봐."

"병준 선배를 저희가 어떻게 말려요? 지금 편집장도 후배인데……."

그들이 불안해하는 데에는 이유가 있었다.

황병준.

한때 '마성의 파파라치'로 불리던 그는 누구보다도 스타의 뒤를 캐기로 유명한 기자였다.

과거 수많은 잠입 취재로 특종을 터뜨리고 최연소 편집장 제의까지 받았으나 현장이 좋다며 걷어차 버린 별종 중의 별종.

그가 한 번 찍은 연예인은 반드시 대중에게 벌거벗겨진다는 소문이 자자했다.

'김태웅, 후후후, 김태웅!'

한참 동안 더 웹서핑을 하던 그는 한 여초 커뮤니티에서 화제가 되고 있는 게시 글을 보고 눈을 크게 떴다.

'나진영이 담배 피우고 있는 사진을 못 찍게 막았다? 이거 진짠가?'

그가 본 것은 '청춘은 맛있어!' 10회 촬영장에서 나진영의 사진을 몰래 찍었다가 태웅에게 걸린 여고생들이 쓴 글이었다.

현장에서 담배를 피우고 있는 나진영을 태웅이 보호하는 듯한 행동을 취했다는 것.

'느낌이 온다, 느낌이 와.'

그는 좀이 쑤시는지 카메라를 들고 벌떡 일어났다.

＊　　　＊　　　＊

"에취!"

"왜 그래? 감기 걸렸어?"

정윤철이 걱정스러운 얼굴로 물었다.

"아니, 근데 아까부터 자꾸 재채기가 나지? 왠지 등골도 서늘하고."

태웅의 말에 정윤철이 소파에서 벌떡 일어났다.

"몸보신하러 가자. 우리 실버문 엔터테인먼트 제2호 연예인인데 몸 상하면 안 되지."

"괜찮다니까. 조금 있다가 아르바이트 가야 해."

"아르바이트? 그거 안 그만뒀어?"

"그만두긴, 돈 벌어야 되는데."

아르바이트하는 일식집에서 메인 셰프로 올라선 후 태웅의 벌이는 아주 쏠쏠해졌다.

연예인 유명세로 손님들까지 바글바글해 사장의 얼굴에서 웃음이 떠나지 않았다.

그가 챙겨주는 특별 인센티브까지 받아서 생활에 부족함이 없을 정도였다.

물론 아직 동생 태선을 호강시켜 줄 만큼 버는 것은 아니었다.

"아니, 연예인이 그런 걸 하면 어떻게 해? 그리고 넌 이제 뜰 거야. 그러면 돈 걱정은 없을 테니 당장 그만둬."

"그럼 일단 뜨고 얘기해. 오케이?"

정윤철이 프린트된 파일을 꺼내 보여주며 말했다.

"이거 보이지?"

"그게 뭔데?"

"광고주 리스트. 여기에 다 전화 돌릴 거야. 너 CF 따내려고."

"그래. 얼른 따내고 입금되면 얘기하자."

"아 쫌!"

"그런데 도대체 제1호는 언제 보여줄 건데?"

은근슬쩍 말을 돌리는 태웅을 보며 정윤철이 한숨을 쉬었다.

"그게 사실 요즘 연락이 안 돼."

"잠적한 거야? 1호 연예인이?"

태웅은 어이가 없었다.

정윤철의 실버문 엔터테인먼트 1호 연예인은 바로 열심히 준비해서 데뷔시킨 여가수 마가린이었다.

중학교 때부터 작곡을 시작한 음악 영재로 노래부터 악기 연주까지 못하는 게 없는 물건이라는 것이 윤철의 설명이었다.

청초하고 신비로운 음악 소녀 이미지로 기획해서 1집 '마가린의 숲'을 내놓았으나 쫄딱 망했다.

이후 수입을 위해 시골 노인정이나 청소년 회관 등을 돌며 행사를 뛰던 중 의견 차이로 인해 다툰 후 잠적하고 말았다고 한다.

"에휴, 어쩐지 텅 빈 사무실에 혼자 앉아 있을 때부터 알아봤다."

"일부러 말 안 하려던 건 아니고… 실은 얼마 안 됐어."

"그럼 어떻게 할 건데? 데리고 와야 되지 않아?"

"전화도 안 받고 톡도 씹는데 뭔 수로?"

"집엔 가봤어?"

"방 뺐대. 자취했거든."

"방법이 없네. 나가리인가?"

"사실 있을 만한 곳은 알아."

그 말에 태웅은 의아해졌다.

"그런데 왜 안 가?"

"가서 뭔 말을 해야 할지 자신이 없다. 그냥 너한테 올인해서 성공 사례라도 만든 다음에 찾아가야 면목이 있을 것 같아."

이래서 문제다.

윤철은 지나치게 성실하고 올곧은 성격이라 아무리 봐도 기획사 대표를 하기에는 맞지 않았다.

다른 곳이라면 소송이라도 걸 일을 제가 도리어 미안해서 못 찾아가겠다고 하다니…….

"어딘데?"

"뭐가?"

"걔가 있을 만한 곳이 어디냐고. 너랑 둘이 하루 종일 앉아 있으니 적적하고 따분해서 여기 못 있겠다. 직원 뽑을 것도 아니면 있는 연예인이라도 재활용해야지."

"아니, 그래도 네가 가서 뭘 어쩌겠다고?"

"걱정 접어두고 장소나 줘봐."

태웅은 씨익 웃으며 난감해하는 윤철의 어깨를 두드렸다.

윤철의 사정이 나아지게 할 목적도 있었지만 다른 이유도 있었다.

'코디나 심부름꾼으로 써야지. 아니면… 운전이라도 가르쳐

야 돼.'

그는 더 이상 촬영장에 대중교통을 타고 가기 싫었다.

그리고 윤철이 모는 차를 타고 가기도 싫었다.

'무슨 매니저가 운전을 못하냐고!'

윤철은 극심한 운전 공포증 환자였다.

                *   *   *

인천 송도에 있는 인디 클럽 '라운드 나이츠'.

사람들이 많진 않지만 그렇다고 해서 휑하지도 않다.

주변에선 거의 유일하게 밴드 공연을 볼 수 있는 클럽이기에 어느 정도의 고정 관객이 있었다.

바로 그곳에서 소속사 1호 연예인 마가린이 주말마다 공연을 하고 있다는 게 윤철의 말이었다.

"이렇게 멀리까지 와서 공연하는 이유가 있냐? 클럽은 홍대에도 많은데……."

"그냥 나한테 걸리거나 자기 알아보는 사람들이랑 마주치기 싫어서가 아닐까?"

"1집이 폭삭 망했는데 알아보는 사람이 있어?"

"그래도 인터넷상으로는 나름 알려진 애거든. 행사마다 따라다니는 고정 팬도 있었고."

그래도 윤철이 발품 팔아서 행사는 잘 물어온 모양이다.

하지만 아직 어린 여자애가 길거리 무대나 문화회관 같은 데서 혼자 공연하고 다녔다면 힘들기도 했을 것이다.

"음악 방송 같은 데는 안 나갔고?"

"예전 같지 않고 조건만 까다로워서 안 나가려고 했지."

그 말을 할 때 윤철의 표정이 어딘가 이상했다.

"왜, 무슨 일 있었어?"

태웅의 말에 그는 뜨악했다.

"어떻게 알았냐?"

"얼굴에 쓰여 있는데 무슨……."

그는 한숨을 쉬곤 조수석 쪽 창문으로 시선을 던졌다.

"거기 피디가 자기한테 하룻밤 보내라고 하더라."

지나가는 듯한 말이었지만 태웅은 절로 얼굴이 찌푸려졌다.

아무리 동서고금을 막론하고 존재하는 성 상납이라지만 막상 요구당하는 당사자가 되면 난감하고 치욕적일 수밖에 없다.

"그거 옛날 얘기 아냐? 요즘도 그런 게 있냐?"

"있긴 있더라고. 특히 우리 같은 무명 기획사가 무슨 힘과 백으로 소속 가수를 음악 방송에 세우겠냐? 빙다리, 핫바지로 보고 요구하는 거지. 입도 뻥긋 못 할 거 아니까."

"그래서 어떻게 했는데?"

잠시 뜸을 들이던 윤철은 빙구같이 웃으며 입을 열었다.

"좆 까라 그랬지."

"…하하하하하!"

"회사 접으면 접었지, 내 연예인한테 그딴 거 안 시킨다고. 그랬더니 뭐… 못 나갔지."

"잘했네."

태웅의 말은 진심이었다.

만약 자기가 그런 상황이었다면 그 자리에서 원투 스트레이트에 이은 불꽃 하이킥을 먹였을지도 모른다.

"얘한테 말은 안 했겠네."

"당근이지. 생각할 거리도 못 되고 면목도 안 서고. 암튼 넌 남자니까 그런 일은 없을 것 같아서 좋다. 하하하!"

"왜 없겠냐. 남자들도 스폰 제의 엄청 받는데."

"오, 받아본 적 있어?"

'어디 한두 번이어야지.'

그는 문득 할리우드에서의 기억을 떠올렸다.

어릴 때부터 무수히 쏟아진 뭇 여성들의 시선.

그중에는 돈과 권력을 가진 이도 많았다.

성공을 위해 나아갈 때마다 어김없이 보다 쉬운 길로 가는 유혹이 있었다.

물론 콧대가 하늘을 찌르는 그에게는 말도 안 되는 일.

단박에 거절하고 나서 잠시 힘든 적도 있었다.

하지만 결국 사람들은 더욱 그에게 매달렸다.

남들이 하라는 대로 하는 건 쉽지만, 부정한 짓이라면 결국 한계가 온다.

소신을 지키는 것은 당장은 힘들어질 수 있어도 언젠가 빛을 보게 된다.

타고난 매력뿐 아니라 긍지를 잃지 않은 것이 그가 세계적인 슈퍼스타가 될 수 있던 이유였다.

*　　　　　*　　　　　*

송도에 도착하니 소금 냄새가 콧속으로 훅 들어왔다.

클럽은 나름 번화가에 있어서 주변이 그리 휑하지는 않았다.

"7시 공연이라… 간신히 맞춰서 오긴 했네."

겉으로 보기에는 소규모 클럽으로 보였다.

놀라운 것은 그 앞으로 꽤 긴 줄이 늘어서 있다는 점이다.

"이런 풍경을 여기서 보게 될 줄은 몰랐네."

"그러게 말이야. 요즘 밴드 공연을 이렇게 기다려서 보기도 하나?"

티켓을 끊고 들어가자 어두컴컴하고 눅눅하지만 편안한 분위기의 클럽 내부가 눈에 들어왔다.

병맥주를 시키고 기다리는데 두 밴드의 공연이 끝나고 조용히 무대 위로 한 여자가 올라왔다.

"쟤야."

윤철의 말에 태웅이 고개를 들어 보았다.

노란색 커트 머리에 보헤미안을 연상시키는 패션, 동그란 얼굴이 귀여운 상이지만 왠지 초췌해 보이는 실버문 엔터테인먼트의 1호 연예인 마가린이다.

'이름이 마가린이 뭐야? 어울리지도 않는구먼. 본명이… 이혜선이라고 했지?'

실제로 벽에 붙은 오늘 공연 알림 포스터에도 마가린이 아닌 이혜선이라고 적혀 있었다.

'으잉? 이게 뭐야?'

갑자기 그의 눈에 그녀의 몸 주위에서 파랑색 광채가 나는 것이 보였다.

'클럽 조명인가? 아니, 아닌 것 같은데… 뭔가 이상해.'

긴가민가하던 그는 문득 한 가지 사실을 기억해 내고는 메뉴창을 열어보았다.

〈보유 스킬: 매의 눈〉

패시브 스킬. 연예계에서 뛰어난 재능을 보유하고 있는 유망주를 찾아낼 수 있는 능력입니다.

파란색 광채가 크고 진하게 보일수록 재능이 많습니다.

'그렇다는 것은⋯⋯.'

마가린의 재능은 괜찮은 수준을 넘어 거대하다는 뜻이다.

저런 인재가 동네 클럽에서 공연을 하고 있다니⋯⋯.

'⋯그래도 운전은 시켜야 해.'

그녀를 바라보며 다짐하고 있는 사이 공연이 시작되었다.

흐릿한 조명 아래 밴드와 함께 선 그녀가 부른 노래는 뜻밖에도 빠른 비트에 고음을 시원하게 지르는 하드록이었다.

윤철이 보여준 1집 영상은 듣기 좋은 팝 같은 느낌의 발라드나 소프트한 록이었기에 의외였다.

"뭐야? 원래 저런 거 하던 애야?"

"응. 요즘 저런 거 하면 안 팔리니까 다른 콘셉트로 바꾸라고 했었지."

눈앞에서 신나는 노래를 부르며 무대에서 날뛰는 모습이 예사롭지 않았다.

'저게 더 어울리는 것 같은데?'

총 다섯 곡을 부르는 동안 지치지도 않고 파워풀한 노래를 연달아 부른 그녀는 환호를 받으며 무대에서 내려갔다.

태웅은 윤철에게 눈짓해 밖으로 나가 담배를 피우고 있는 그녀에게 다가갔다.

윤철을 알아본 그녀가 깜짝 놀라는 표정으로 뒷걸음질 쳤다.

"대, 대표님."

"잘 지냈어, 혜선아?"

그녀는 담배까지 떨어뜨리고 눈을 크게 뜬 채 입을 열었다.

"저 잡으러 오신 거예요, 여기까지?"

"아니야. 네가 탈옥수도 아니고 잡긴 뭘 잡아. 그냥 여기서 공연하고 있을 것 같아서 보러 왔지."

"계약 위반으로 고소하실 거 아니죠? 여기 페이도 얼마 안 준다고요. 그냥 밥값 수준인데……."

그녀는 경계심 가득한 눈초리를 했다.

계약한 연예인이 회사에 보고하지 않고 영리 활동을 하면 계약 해지 사항에 해당된다.

하지만 윤철은 피식 웃으며 고개를 저었다.

"고소할 거였으면 진작 했지. 걱정 말고 그냥 얘기나 좀 하자. 시간 돼?"

"알겠어요. 근데 이분은 누구예요?"

그녀가 태웅을 힐끗 보며 물었다.

"우리 회사 소속 제2호 연예인이지."

"제 후배예요?"

"캑."

태웅은 어처구니가 없었다.

자기 다음으로 계약했다고 해서 후배라니?

"후배는 무슨, 너보다 나이 훨씬 많아. 게다가 배우고."

"배우? 어디 나왔어요? 한 번도 못 본 것 같은데……."

나온 영화가 없으니 당연하다.

그녀는 태웅을 미심쩍은 눈초리로 보곤 조금 떨어진 곳에 있는 밴드 멤버들에게 인사를 하고 앞장서 걸어갔다.

*　　　*　　　*

근처 커피숍.

윤철은 팔짱을 끼고 먼 산을 바라보고 있는 그녀에게 진지한 얼굴로 말했다.

"다시 한번 해보자."

"뭘요?"

"뭐긴, 2집도 내고 다시 한번 열심히 해보자는 거지."

"…전 생각 없어요."

"왜?"

그녀는 굳은 얼굴로 시선을 이리저리 돌리며 말했다.

"내가 하고 싶은 것도 못하고 돈도 잘 못 벌고… 그냥 너무 답답해요."

"네가 하고 싶은 게 뭔데?"

"그냥 전 무대에 서고 싶다고요. 그리고 1집 때 하던 음악도 싫어요."

"무대에 서기 위해서는 거쳐야 할 과정이 있어. 그리고 무대에 서는 게 다가 아니라 성공을 해야 계속 설 수 있는 거야. 네가 하고 싶은 음악을 하는 것도 좋지만 사람들이 좋아하는 음악을 해야 그런 기회가 생기는 거고."

완곡하게 설득하고 있었지만 혜선의 태도는 심드렁했다.

두 사람의 실랑이를 듣고 있던 태웅은 하품이 나서 미칠 지경이었다.

"지금 같은 노래를 한다면 여기 관객들은 좋아하겠지. 하지만 그건 이 좁은 클럽에서일 뿐이야. 넌 더 크고 넓은 곳에서 노래하고 싶은 거 아니었어? 큰 공연장에서 객석을 가득 메운 관중들을 바라보며 노래 부르고 싶은 거 아니었냐고."

"그런 식으로 얘기하지 마세요. 제 음악이 어때서… 그리고 전 예쁜 척, 가녀린 척하고 앉아서 미성으로 노래 부르는 거 진짜 별로라구요."

이러다간 또 파투 날 기세이다.

태웅은 더 참지 않고 끼어들었다.

"중간 지점을 찾아보자."

갑작스러운 그의 말에 두 사람이 시선을 돌렸다.

"뭘 어떻게?"

"내 생각에 가린 씨는 그냥 록이 아니라 신나는 음악을 하고 싶은 것 같은데, 아닌가?"

그녀는 황당한 얼굴로 입을 열었다.

"그야 그렇긴 하지만… 그런데 제 이름 마가린 아닌데요. 이혜선이에요."

"미안. 암튼 록을 좀 가미한 신나는 댄스음악 같은 걸 하면 되잖아. 그러면 음악적인 불만도 해소되고 대중성도 확보할 수 있고. 그렇게 가보면 어때?"

"…댄스?"

윤철이 고개를 갸웃했다.

그로서는 생각해 보지 않은 선택지인 것 같았다.

"내가 아까 보니까 무대에서 쇼맨십 하는데 리듬감이 꽤 있더라고. 몸도 가만히 못 두는 체질인 것 같고. 그러니 조용조용한 소녀 감성이 맞겠어? 내 말이 틀려요, 혜선 씨?"

"…근데 아저씨, 배우라고 하지 않았어요?"

당혹스러워하는 그녀의 말에 태웅은 씨익 웃으며 검지를 좌우로 흔들었다.

"배우 겸 기획실장."

윤철이 뜨악한 표정으로 그를 바라봤다.

*   *   *

나진영과 태웅에 대한 글이 세간에 떠돌기 시작하면서 두 사람이 '핑크빛 기류'를 탔다는 얘기가 솔솔 흘러나왔다.

그 이야기는 강창구의 팬카페에서 가장 먼저 흘러나오기 시작했는데, 누군가의 희망 사항을 쓴 글이라는 추측이 있었다.

그만큼 강창구의 팬들이 상대역인 여주인공 방현아 역의 나진영을 좋아하지 않았기 때문이다.

물론 좋아하는 대상의 상대역이라고 해서 다 그렇게 싫어하지는 않았다.

나진영이 예전 강창구의 소속사인 ROD에서 방출된 연습생이었다는 사실이 그 원인 중 하나가 아닐까 하는 것이 김광록 피디의 추측이었다.

"그게 왜요?"

"두 사람 사이에 인연이라도 있는 것처럼 보이니까 더 그렇겠지? 사실 열애설이 퍼져도 이상할 게 없긴 하지. 한 기획사에 같은 연습생으로 있었고, 하나는 금방 뜨고 하나는 방출, 그리고 시간이 지나 한 드라마에서 남주와 여주로 극적인 재회. 소설 쓰기 딱 좋잖아?"

게다가 마지막 회에 강창구와 나진영의 키스신까지 있다는 사실이 퍼지면서 나진영과 김태웅의 열애설은 더욱 열심히 퍼져 나갔다.

*   *   *

"결단을 내려야 할 시점인 것 같아."

피디가 자신을 부른 이유에 대해 그녀는 어느 정도 짐작하고 있었다.

10회 방송이 나간 이후 그녀 역시도 작품의 성공에 대한 욕심이 커졌기 때문이다.

극 마무리까지 임팩트 있게 한다면 한동안 거센 후폭풍을 일으키며 화제로 남을 것이고, 차기작에도 좋은 영향을 미칠 것이 분명했다.

"그래서 어떻게 하자는 건데요?"

유성미 작가의 질문에 김광록 피디는 거국적인 결단을 내리는 것처럼 진중한 표정과 목소리로 말했다.

"후반부를 바꾸자."

"…진심으로 하는 말이에요?"

그녀는 침을 꼴깍 삼키며 피디의 눈을 바라봤다.

오래 팀워크를 맞춰본 경험에 비추어볼 때 그 눈빛은 진심이었다.

"진심이야. 세 사람의 결말, 이렇게 가보는 건 어때?"

*   *   *

수정된 15, 16회 대본을 받아 든 태웅은 황당함을 금할 수 없었다.

김광록 피디와 유성미 작가는 채점 결과를 기다리는 초등학생 같은 표정을 지으며 그를 바라보고 있었다.

"정말 이렇게 바뀌는 겁니까?"

그 말에 김광록 피디가 고개를 끄덕였다.

"어때요? 소감을 한번 듣고 싶은데."

"이렇게 정하셨다면 저는 그냥 따를 뿐이죠."

"에이, 그러지 말고 허심탄회하게 얘기 좀 해봅시다."

사실 주연배우도 아닌 자기를 불러놓고 이런 얘기를 한다는 게 꽤 특별한 경우이긴 했다.

피디와 작가가 강창구를 상대하기 꺼리는 게 결정적인 이유이겠지만.

"두 분이랑 얘기는 해보셨어요?"

"나진영 씨는 오케이했고, 창구 씨는 생각해 보겠다고 하더라고. 근데 아마 내 느낌엔 안 할 이유가 없을 것 같아."

13, 14회부터 대본상 여주인공인 방현아가 비중이 다소 줄어들고 남주인공 한해 바라기 중 한 명인 파티쉐 유가연이 급부상하면서 네 남녀가 얽히고설키게 된다.

원래 마지막 회 대본의 내용은 프랑스로 요리 유학을 가려던 방현아가 출국하지 않고 공항에서 한해와 감동의 키스를 하며 드라마가 마무리된다.

그런데 바뀐 대본은 한해가 유가연과 있는 것을 본 방현아가 오해를 하게 되고, 공항에 마중 나온 황갈과 보란 듯이 키스를 한 후 유학을 떠나게 된다.

닭 쫓던 개가 된 한해는 멍청한 얼굴로 날아오르는 비행기를 보면서 드라마는 끝나게 된다.

'이것들, 미친 거 아냐?'

뜨악하는 태웅의 마음을 아는지 모르는지 두 사람은 잔뜩 상기된 얼굴로 자화자찬을 하고 있었다.

"어때요? 막 다음 이야기가 기대되고 하지 않아요?"

"파격적인 열린 결말! 아마 한동안 인터넷에 우리 드라마 얘기만 올라올 거예요."

딱 봐도 시즌2를 노리는 것 같았다.

하지만 우레와 같은 쌍욕을 들어 먹게 되면 시즌2고 나발이고 없을 텐데…….

설령 어떻게 잘된다고 하더라도 시즌2에 나오고 싶은 마음은 없었다.

"태웅 씨 마음에도 들 것 같은데? 이렇게 러브 라인의 한 축을 담당하게 되면 시청자들의 시선이 확 끌릴 거라고."

개그 캐릭터인 황갈에게 생명력을 불어넣어 이렇게까지 비중이 늘어났다.

신인 배우라면 무조건 기뻐해야 할 순간이지만 딱히 감흥은 없었다.

태웅의 관심은 오직 시청률뿐이었다.

'평균 시청률만 깎아먹지 않는다면야 반대할 이유가 없지. 더군다나 마지막 회고… 일단 미션만 달성하면 되니까.'

남은 라이프 포인트는 대략 76.

급박하진 않지만 넋 놓고 안심하고 있을 만한 수치는 아니었다.

이번 미션을 달성하면 꽤나 맘 편히 지낼 수 있겠다는 생각에 그는 고개를 끄덕였다.

"저도 좋습니다. 확실히 화제는 되겠네요."

"그렇지? 역시 우리 태웅 씨의 의견도 같구먼. 하하하! 그럼 이렇게 가자고!"

앞날이 어찌 될지도 모르는 하루살이처럼 김광록 피디는 자신만만한 미소를 지었다.

그 결말이 어떻게 될지는 아직 미지수였다.

*   *   *

사무실로 돌아가자 뚱한 표정의 마가린이 소파에 앉아 있는 것이 보였다.

"여기서 뭐 해요?"

잠시 졸았던 듯 살짝 부은 얼굴의 그녀가 심드렁하게 대답했다.

"오늘 새 앨범 콘셉트 회의하기로 해서요."

"그렇구나. 그런데 정 대표는 어디 가고?"

"조금 늦으신대요. 급하게 미팅이 잡혔다고."

"미팅?"

또 무슨 행사라도 물어오나 싶어 태웅은 은근히 걱정되었다.

'설마 얘 데려오자마자 행사 돌리는 건 아니겠지? 그럼 싫어할 텐데.'

윤철의 성격상 그럴 리는 없겠지만, 그래도 매달 사무실 임대료를 내기도 버거운 처지이다 보니 눈이 뒤집힐 수도 있었다.

그는 소파에 멍하니 앉아 있는 그녀를 살펴보았다.

확실히 어딘지 모르게 사람을 빨아들이는 분위기가 있었다.

하지만 아직 가다듬어지지 않고 그 능력을 제대로 발휘할 줄 모르는 느낌이다.

할리우드에서 뜨고 지는 수많은 스타들을 봤지만, 그들에 비해 재능만큼은 절대로 꿀리지 않는 그녀였다.

'프로듀싱 잘해주고 뒤를 잘 밀어주면 꽤 뜰 텐데. 여긴 작은 회사라 쉽지 않겠다.'

변변한 연습실 하나 없어서 홍대에 있는 녹음 스튜디오나 합주실을 빌려서 트레이닝을 한다고 하니 열악하기 짝이 없는 조건이다.

"그런데 만든 노래 중에 신나는 거 있어요?"

그의 말에 그녀는 느릿느릿 주머니에서 MP3 플레이어를 꺼냈다.

'요즘 세상에 MP3를 쓰다니 특이하군. 보통 핸드폰으로 듣지 않나?'

그녀가 아무 말 없이 건넨 MP3를 받아 든 태웅은 이어폰을 귀에 꽂았다.

재생 버튼을 누르자 현란한 기계음으로 뒤범벅된 곡이 들리기 시작했다.

'그새 작업한 건가? 확실히 할 마음은 있구나.'

다음으로 넘기자 비교적 아날로그 느낌의 댄스곡이 들렸다.

이후 나온 대여섯 곡 모두 가이드 보컬만 입힌 샘플이었다.

"나쁘지 않은데… 조금 평범한 느낌이 드는데?"

그의 말에 그녀는 눈빛이 뚱해져서 물었다.

"그렇게 별로예요?"

튈 정도로 뛰어나거나 괴상해야 살아남는 요즘 세상에 평범하다는 것은 곧 최악의 평가이다.

그 사실을 알고 있는 걸 보니 센스는 나쁘지 않은 것 같았다.

"특히 EDM 쪽은 너무 타이트하게 간 것 같아. 조금 레트로한 느낌이 가린 씨한테 어울리겠는데."

그는 잠시 뜸을 들이다가 말을 이었다.

"프랑스에 저스티스라는 뮤지션이 있는데 한번 들어봐요. 2집은 별로고 1, 3집이 죽여. DVNO나 시빌라제이션 같은 스타일로 만들어보면 좋지 않을까?"

그 말에 그녀의 눈이 이채를 띠었다.

"음악 잘 아시네요. 아저씨, 배우 아니에요?"

"맞는데, 배우는 뭐 잘 알면 안 되나?"

전생에서 그는 유명 인사로서 보노나 크리스 마틴, 매튜 벨라미, 퍼렐, 릴 존, 아델 등 세계적인 뮤지션들과 폭넓은 교류를 가졌다.

음악적 소양도 탁월하여 EDM과 힙합, 모던록, 클래식까지 아우르는 탁월한 지식을 보유하고 있었다.

직접 저택에 음악 작업실과 음악 감상실을 초호화 퀄리티로 마련했을 정도로 준뮤지션 수준이었으니 어렵지 않게 그녀와 음악적인 대화가 가능했다.

"라이브는 역시 렉보다는 스톰박스가 어울리지. 최근에 빠졌던 기타 이펙터가 튜브존이랑 핫케익인데 연동해서 쓰면 느낌이 괜찮더라고."

"나도 그 장비 써봤어요. 톤이 뭔가 클래식해서 좋던데."

무뚝뚝하고 차가워 보이는 인상에 비해 음악에 대해 이야기를 나눌 때의 그녀는 열정적이고 나이 어린 소녀처럼 순수해 보이는 표정을 지었다.

'말이 잘 통하는 타입이군. 키우기 어렵지 않겠어. 후후.'

오랜만에 누군가와 음악 얘기를 나누다 보니 시간 가는 줄 모르고 재미있었다.

"그런데 혹시……."

운전을 할 줄 아냐고 물어보려던 찰나, 갑자기 문이 벌컥 열리며 잔뜩 상기된 얼굴의 윤철이 들어왔다.

"으라차차차차!"

"뭐야? 갑자기 웬 괴성을……."

"내가 지금 어디 갔다 오는 줄 알아?"

그는 평소답지 않게 오버하며 말했다.

"괜찮은 콜택시 업체라도 찾았냐?"

"파더스 키친! 김태웅이 너, CF 따냈다! 으하하하하!"

그제야 그가 괜히 날뛴 게 아니란 걸 안 태웅이 자리에서 벌떡 일어났다.

"오오! 정말?"

"그래! 지난주 방송 나간 다음에 제안 넣었더니 바로 연락 왔어! 한창 핫한 드라마라 그런지 거기 담당자도 너 PPL 장면 봤다고 하더라고."

광고라도 하나 들어올지 모르겠다고 생각했는데 이렇게 빨리 성사될 줄이야……

부족한 점은 많지만 은근히 영업력이 있는 윤철이 내심 기특했다.

"아마 돈도 짭짤하게 받을 수 있을 거야. 그쪽이 대기업 계열사 브랜드라 그런 건 화끈하다고 하더라고."

사실 큰 감흥은 없었다.

버버리, 메르세데스 벤츠, 애플, 테슬라, 롤렉스……

그는 이미 세상 모든 유명 브랜드의 광고는 다 찍다시피 했다.

나중에는 지겨워져서 일 년에 하나씩만 찍기도 했다.

출연할 광고를 정하는 것은 연초 파티에서 룰렛으로 결정 했는데, 그 광경이 케이블이나 인터넷 방송에 생중계될 정도였 다.

그렇게 그가 출연하기로 결정된 브랜드는 단숨에 주가가 치 솟을 정도였으니 고작 한국의 CF 하나를 찍게 되었다고 해서 들뜰 리가 없었다.

하지만 기쁘지 않은 것은 아니었다.

무엇보다 동생 태선에게 한동안 돈 걱정을 시키지 않아도 된다는 것.

그리고 재정난에 허덕이고 있는 윤철이 한숨 돌릴 수 있다 는 것.

그것만으로도 지금의 삶에서 얻게 된 작은 기쁨이었다.

*　　　　　*　　　　　*

"태선아, 니네 오빠 요즘 되게 재밌더라?"

"응. 어떻게 알았어?"

"어떻게 알긴, 이미 우리 과에는 모르는 사람 없어. 연예인 동생이 같은 과 사람이라고 소문이 자자한걸."

"아하하!"

태선은 낯간지러우면서도 은근히 기뻤다.

정말 하는 일마다 안 풀려서 '안될안'이라고 불리던 그의 오빠가 연예인으로 뜨고 있었다.

복학하자마자 과 친구들이 그녀에게 호들갑을 떨 정도로 인기 드라마 '청춘은 맛있어!'의 파급력은 대단했다.

그녀는 갑작스러운 친구들의 관심이 부담스러웠지만, 오빠가 사람들 입에 오르내린다는 사실에 한없이 기뻤다.

'오늘 저녁도 맛있는 거 해줘야겠네. 기분이다!'

혼수상태에서 깨어나 건강해진 요즘도 그녀는 하루도 빠짐없이 오빠에게 영양제와 홍삼, 그리고 영양식을 챙겨 먹이고 있었다.

세상에 하나뿐인 가족.

그 오빠가 죽음의 기로까지 갔을 때의 공포와 절망, 외로움은 이루 말할 수 없을 정도였다.

"그런데 드라마 끝에 어떻게 돼? 강창구랑 나진영 말이야."

"이어지겠지. 남주와 여준데 뻔한 거 아냐?"

"아니야. 내가 들은 썰이 있는데 둘이 안 될 수도 있대."

"말도 안 돼. 그럼 새드 엔딩이라고?"

"왜 예전에 갑자기 결말에 남주, 여주가 교통사고로 죽은 시트콤도 있었잖아. 안 그런단 보장도 없지."

친구들이 '청춘은 맛있어!'에 대한 이야기로 떠드는 것을 보며 그녀는 슬며시 웃음이 나왔다.

'살다 보니 이런 날도 있네. 스턴트맨 한다고 죽어라 고생만 하더니……'

그녀는 친구들을 향해 기분 좋게 외쳤다.

"오늘 점심 내가 쏠게! 가자!"

*   *   *

아직 늦더위가 계속되는 날씨.

뜨거운 태양이 내리쬐는 한낮, 대학 캠퍼스에서 머리부터 발끝까지 검은 정장을 차려입고 선글라스까지 쓴 한 거한이 한 무리의 여대생들을 바라보고 있었다.

몸을 숨기려는 듯 나무 뒤에 서 있었지만 거대한 덩치 때문인지 반도 채 가려지지 않았다.

지나가던 사람들이 수군댔지만 그는 아랑곳하지 않고 한 여대생만을 뚫어지게 바라보고 있었다.

"명성대 3학년 김태선, 나이 스물셋, B형에 돼지띠, 그리고 김태웅의 여동생."

선글라스를 벗자 산적처럼 험악해 보이는 얼굴이 햇살 아래 환하게 드러났다.

"…날 너무 원망하지 마라. 이 모든 것은 진정한 사나이끼리의 승부를 위함이니."

한때 암흑가에서 알아주는 주먹이던 파이터이자 풍운아 김샛별.

태웅에게 당한 처참한 패배 후 한동안 두문불출하며 폐관 수련을 한 그는 마침내 예전의 감각을 완전히 되찾아 돌아왔다.

'기다려라, 김태웅. 다시 한번 그때와 같은 멋진 승부를 해보자.'

S# 2
마지막 회를 촬영하다

마지막 주 촬영을 앞두고 태웅은 고심에 빠져 있었다.

10회를 기점으로 '청춘은 맛있어!'가 '그날이 온다'의 시청률을 추월하며 순풍에 돛을 단 듯 순항하고 있었지만, 평균 시청률은 여전히 미세하게 뒤져 있는 상태였기 때문이다.

'평균 시청률에서 앞서야 미션 달성인데… 뭔가 또 이슈가 생겨야 하나?'

지금 상태로 간다면 시청률 격차가 점점 벌어지고 있기에 평균 시청률에서 역전할 수도 있겠으나 확실하게 장담할 수는 없었다.

다만 변수는 나진영과의 열애설이 이슈가 되어 시청률에 견인차 역할을 하는 것.

아직 공식적인 기사로 난 것은 아니지만 인터넷상에서 스멀스멀 퍼지고 있었다.

'그래도 웬만하면 열애설은 피하자. 이젠 지긋지긋해.'

"왜 고개를 그렇게 젓고 있어?"

미팅 갔다가 막 사무실로 돌아온 윤철이 그를 보고 물었다.

"아무것도 아니야. 그런데 CF는 언제 찍냐?"

"확실한 일정은 안 나왔지만 다음다음 주쯤? 콘티는 이번 주 안으로 전달해 준대."

CF 촬영이 확정됐다는 말에 방방 뛰며 기뻐하던 동생 태선을 떠올리곤 그는 살며시 미소 지었다.

촬영장에 구경 오겠다고 한 걸로 봐선 은근히 연예계에도 관심이 많은 것 같았다.

"그런데 너, 무슨 수로 혜선이 구워삶았냐? 애가 예전보다 훨씬 협조적인데?"

"혜선이가 누구야? 아, 마가린?"

콘셉트 회의에서 태웅이 추천한 레트로 콘셉트의 댄스곡을 하기로 합의되었다.

딱히 군말이 없는 걸로 보아 혜선도 흡족해하는 것 같았다.

그나마 그녀가 작사, 작곡, 악기 연주까지 가능한 만능이라서 앨범 만드는 비용은 상당히 굳었다.

"앞으론 예능 같은 데 출연시켜 봐."

"그렇지 않아도 그럴까 한다. 이젠 신비주의 감성 소녀 콘셉트도 아니니까."

요즘 추세에 음악만으로 대중들에게 각인되는 것은 거의 불가능하니 예능 출연은 필수였다.

"넌 예능 같은 데 나갈 생각 있냐?"

"나? 나보고 예능에 나가라고? 오우, 노."

태웅은 생각해 볼 것도 없이 고개를 저었다.

아이돌과는 달리 배우의 예능 출연은 쉽게 생각할 문제가 아니었다.

"싫으면 싫지 웬 영어야?"

"어쨌든 난 안 나가. 연기에 전념할 테니 다음 작품이나 좀 알아봐 줘."

드라마의 흥행으로 나름 이름이 알려지고 있었으나 아직 영화 쪽에서는 제안이 들어오지 않은 상태였다.

윤철의 경우 같은 스턴트맨 출신이었기에 사실 방송이나 음악, 행사 쪽보다는 영화 쪽 인맥이 더 많았다.

"오케이. 내가 한번 돌아다녀 볼게. 시나리오 많이 받아올 테니까 기대해라."

한국 영화 제작 편수가 점점 늘어나고 있는 추세였지만 대부분 VOD 서비스 등을 노리는 단편영화나 성인영화가 포함된 수치여서 출연할 만한 영화의 폭은 도리어 좁아진 편이었다.

만성적인 배우 기근에 시달리며 그 나물에 그 밥인 영화계였다.

신선한 바람을 일으킬 만한 새 얼굴이 있다면 감독들은 너나 할 것 없이 쌍수를 들어 환영할 것이다.

그런 점에서 볼 때 이제 갓 케이블 드라마 하나 찍어서 이미지 소비도 적은 데다 나름 지명도까지 확보한 신인 배우인 태웅이라면 의외로 수월하게 캐스팅될 가능성이 있었다.

"아 참, '우상' 아직 캐스팅 확정이 다 안 됐다고 했지?"

"그럴걸. 그거 이제 막 제작 준비 단계라던데. 왜, 관심 있냐?"

충무로의 인기 감독 고화영이 연출을 맡고 연기파 배우 오영홍, 꽃미남 스타 강규환, 걸크러시 여배우 유지니가 출연하는 최고의 기대작 우상.

하지만 투자사가 바뀌면서 제작이 지연되었고, 시나리오도 여러 번 수정되면서 아직 배우 캐스팅도 다 마무리 짓지 못했다는 사실이 업계에 공공연히 떠돌고 있었다.

'드라마 찍기 전에 우상의 오디션을 봤는데 아직도 그 모양

이라니……'

하지만 그에게 있어서는 행운이었다.

아직까지 캐스팅이 확정되지 않았기에 비집고 들어갈 기회가 생긴 것이다.

"일단 그것도 후보."

"그쪽에서 제의도 안 왔는데?"

"이쪽에서 포트폴리오 제출해 봐. 어차피 오디션은 볼 거 아냐?"

배우에게 있어 배역도 중요하지만 어느 영화에 출연하느냐가 가장 큰 영향을 미친다.

압도적인 비중을 차지하는 주연배우를 맡아 역사에 길이 남을 명연기를 펼치더라도 영화가 망작이면 아무런 소용이 없고, 카메오로 출연하더라도 대박 작을 만나면 배우의 앞날도 피는 것이다.

그래서 성공할 작품을 고르는 눈은 배우의 가장 큰 덕목이자 필수 요소였다.

누구보다 흥행할 작품 냄새를 귀신같이 잘 맡던 그이기에 영화 데뷔작은 반드시 우상이 되어야 한다는 확신이 있었다.

똑똑.

그때 누군가 사무실 문을 두드리는 소리가 들렸다.

문을 열자 어디서 많이 본 얼굴이 나타났다.

"홍구 니가 여기 웬일이야?"

박홍구가 넉살 좋은 표정을 지으며 불쑥 들어왔다.

"이야, 정 대표, 김태웅이! 둘이 이렇게 한 가족이 됐으면 나부터 초대해야지. 섭섭하게."

같은 액션스쿨 출신이다 보니 서로 어색함이 없는 세 사람이었다.

홍구는 원래 윤철과 꽤 친해서 태웅이 다쳤을 때 소식을 전해주기도 했다.

"마침 잘 왔다. 점심이나 먹고 가."

윤철의 말에 홍구가 멋쩍게 뒤통수를 긁적였다.

"이거 너무 자주 얻어먹는데? 미안하게."

눈치를 보아하니 주머니 사정이 어려운 홍구에게 윤철이 자주 밥을 사 먹이는 모양이다.

세 남자는 사무실 소파에 앉아 자장면을 시켜 먹었다.

"요즘 일 없냐?"

"비수기라 그런지 잘 없네. 사실 별로 하고 싶지도 않고."

"하고 싶지가 않아?"

윤철의 말에 홍구가 고개를 끄덕였다.

"이제 좀 다른 일을 해보고 싶다. 이쪽은 너무 박봉에다가 위험하기만 하고 앞날도 잘 안 보이니……."

"스턴트맨이 그렇긴 하지."

"그래서 말인데… 나 너희 회사랑 계약 좀 하면 안 되겠냐?"

"엥?"

뜻밖의 말에 놀란 윤철이 반문했다.

"무슨 계약?"

홍구가 진지한 눈빛이 되어 말했다.

"나도 배우 하려고. 태웅이처럼."

"푸하하하하!"

태웅과 윤철이 나란히 웃음을 터뜨렸다.

"에이 씨, 왜 웃어?"

"미안. 너무 안 어울려서 그랬다."

"나 진지하다. 이번엔 진심이야."

그는 자신이 태웅을 따라서 하는 게 아니라는 듯 눈에 힘을 주었다.

"정말 해보고 싶어. 더 이상 이렇게 나이만 먹을 순 없어."

"너, 연기 해본 적 있어?"

"나 연극영화과 출신 성골인 거 모르냐? 너희 길바닥 출신이랑은 태생부터가 달라."

정말 어울리지 않는 전공이었다.

"배우가 아니면 예능인이라도 좋다. 가수도 상관없어. 뭐든 스턴트맨만 아니면 돼."

"가수는 무슨, 노래도 못하면서……."

윤철은 괜히 밥 사줬다가 똥 밟았다는 표정이었다.

하지만 홍구는 계속해서 집요하게 자신의 각오와 열정을 말하며 물고 늘어졌다.

"정말 뭐든 할 수 있다. 김태웅이가 예능을 안 한다고? 날 시켜. 난 뜰 수 있다면 악마에게 영혼이라도 팔겠다. 코끼리 똥이라도 먹을 수 있다고."

"우웩! 이 새끼, 하필이면 자장면 먹는데 그딴 소릴 해!"

결국 한참의 실랑이 끝에 홍구는 실버문 엔터테인먼트의 제3호 연예인이 되었다.

*   *   *

대형 기획사 ROD 사옥.

로비에 모인 직원들이 저마다 작은 목소리로 수군댔다.

"회사 팔린다더니 정말이었네."

"누구야, 헛소문이라고 한 게?"

"어차피 예정된 일 아니야? 지난번 투자 받아서 지분이 다 넘어갔는데. 대표야 원래 그냥 한몫 챙길 생각밖에 없는 인간이잖아."

일주일 전, 삼원 그룹 산하 투자 법인인 유투인베스트먼트가 지분을 모두 인수하면서 ROD는 삼원 그룹 소유로 넘어갔다.

새로운 대표로 취임한 강지나는 본격적으로 업무를 시작하면서 직원들을 모두 로비로 모이게 했다.

"마귀할멈 같은 여자면 어떻게 하지? 삼원 그룹 손녀라는데."

"게다가 미국 생활만 십 년 넘게 한 금수저래. 어지간히 콧대 높을걸."

"이제 더 갈리는 건 지겹다. 만약 더 일하기 더러워진다 싶으면 그냥 관둬야지."

잠시 후, 고급스럽지만 화려하지 않은 정장을 차려입은 강지나가 비서와 함께 로비로 걸어나왔다.

생각보다 훨씬 젊고 아름다운 모습에 직원들은 내심 감탄했다.

"반갑습니다. 오늘부터 여러분과 함께 일하게 된 강지나라고 해요. 갑작스럽겠지만 잘 부탁드립니다."

그녀는 딱히 설교라든지 앞으로의 경영 방침에 대한 비전 발표 따위는 하지 않았다.

그냥 모든 직원들과 눈을 맞추며 일일이 손을 내밀었다.

"전보다 더 즐겁게 긍정적으로 일해봐요."

그게 그녀가 남긴 유일한 말이다.

권위적이거나 사무적일 것으로 예상한 것과 달리 소탈한

그녀의 태도에 직원들은 안도의 한숨을 내쉬었다.

"다른 말씀은 안 하실 겁니까?"

대표실로 안내하며 전략기획팀장 장문수가 그녀에게 물었다.

"그럼요. 이 정도면 됐죠. 오늘은 직원들 얼굴 보려고 모이게 한 거예요."

"알겠습니다. 따로 지시하실 건……."

"우선 회사와 계약 중인 연예인, 그리고 영입 리스트만 정리해서 주세요."

팀장이 물러간 후 그녀는 한숨을 돌렸다.

할아버지가 자신에게 나름 규모 있다고 할 수 있는 사업체를 맡긴 것은 그녀의 능력에 대해 상당히 기대하고 있다는 뜻이다.

기대만큼 부담도 큰 법.

하지만 일단은 자기 마음대로 생각한 바를 펼칠 수 있다는 것에 가슴이 설레기도 했다.

'첫 번째 영입은… 역시 김태웅으로 할까?'

단순히 잘나가는 연예인을 영입하기보다는 철저한 인큐베이팅 시스템을 통해 슈퍼스타로 키워내는 것이 그녀의 방침이었다.

그런 면에서 보자면 그만 한 인재도 없었다.

'그 사람, 소속사는 없겠지? 보아하니 운전하는 매니저도 없던데.'

*   *   *

"뭐야? 내 핸드폰 어디 갔는지 못 봤어?"

공강 시간.

당황한 태선이 가방을 뒤지다가 아무것도 못 찾은 듯 울상이 되었다.

주변에 앉은 친구들이 의아한 얼굴로 그녀를 보았다.

"핸드폰 없어졌어?"

"응. 분명 여기 뒀는데 이상하다."

"누가 가져갔지? 다 과 애들인데."

"내가 한번 전화해 볼게."

친구가 그녀의 핸드폰으로 전화했지만 전화기가 꺼져 있다는 메시지만 나왔다.

"아이 참, 아직 약정도 많이 남았는데 어떻게 해!"

안타까워서 발을 동동 구르는 그녀를 멀리 창밖에서 지켜보는 한 남자가 있었다.

"지시하신 대로 몰래 째벼왔습니다, 형님."

머리를 빡빡 민 부하를 향해 그는 고개를 끄덕였다.

"수고했다. 가서 애들이랑 술이나 마셔라."

그가 건넨 수표를 보고 부하의 입이 헤 벌어졌다.

"그런데 형님, 정말 저희 없어도 되겠습니까? 그 자식, 장난이 아니던데."

"지금 날 걱정하는 거냐?"

딱딱해진 김샛별의 표정을 본 부하가 당황하여 고개를 숙였다.

"죄, 죄송합니다, 형님. 큰 실례를 했습니다."

그는 나지막하게 한숨을 쉬며 하늘을 올려다보았다.

"난 그때의 내가 아니다. 너무 오랜 시간 편안하게 지내서 예전의 감을 잊어버리고 있었지. 하지만 녀석으로 인해 원래의 나로 돌아올 수 있었어. 그래서 기쁘다."

그는 만면에 미소를 지었다.

"그래도 저 여자애를 인질로 잡아두는 건 어떨까요? 지난번처럼 놈이 도망쳐서 힘을 다 빼놓을 수도 있잖습니까?"

빠악!

"아악!"

김샛별의 핵 꿀밤을 맞은 부하가 머리를 움켜쥐고 괴로워했다.

"말 같지도 않은 소리! 요즘같이 강력 범죄가 횡행하는 때 한 여성에게 크나큰 트라우마를 남길 짓을 하라는 거냐? 나는 남자는 얼마든지 때려죽일 수 있어도 여자는 안 건드려!"

"잘못했습니다, 형님! 용서해 주십쇼!"

맑은 날의 캠퍼스에서 한바탕 활극을 벌이고 있는 두 남자를 보며 지나가는 학생들이 수군댔다.

"저 아저씨들 뭐야? 깍두기야?"

"누가 봐도 건달인데? 도대체 여기 경비 아저씨는 뭐 하는 거람?"

"야, 신고하자, 신고해."

그 사실을 아는지 모르는지 김샛별은 부하에게 건네받은 태선의 핸드폰을 한참 동안 들여다봤다.

'바탕 화면을 자기 사진으로 했잖아? 특이한 여인네로군. 그런데……'

어느 순간, 그는 삭막하던 가슴이 청록빛으로 물드는 것을 느꼈다.

'뭐가 이렇게 예뻐?'

      *   *   *

'청춘은 맛있어!' 마지막 주 촬영이 시작되었다.

태웅은 촬영장까지 홍구가 운전하는 차를 타고 편안하게 올 수 있어서 매우 흡족한 상태였다.

딱히 운전을 시킨 것도 아니건만 뭐라도 하겠다며 아버지에게 물려받은 주행거리 30만 킬로미터의 소나타를 직접 몰고 매니저 노릇을 자처했다.

윤철은 이참에 아예 회사 차를 사겠다고 했으나 한동안 홍구는 실버문 엔터테인먼트의 기사 노릇을 할 것 같았다.

"그런데 태선이 핸드폰은 샀어?"

"응. 기왕 사주는 거 아예 최신형으로 뽑아줬지."

"이야, 이제야 오빠 노릇을 하는구먼. 그동안 고생만 시키더니."

뭐라고 받아치고 싶었지만 맞는 말이라서 태웅은 입만 붕어처럼 뻐끔거렸다.

"그런데 요즘 대학교도 좀 그러네. 어떻게 강의실에 잠깐 두고 간 핸드폰을 훔쳐 가냐."

"그러게 말이다. 지성의 전당이라더니 그렇지도 않은 모양이야."

핸드폰이 없어졌다고 하루 종일 징징대던 태선을 생각하곤 그는 저도 모르게 미소가 지어졌다.

나름 의젓하다고 생각했는데 아직도 애 같은 면이 있었다.

*　　　　*　　　　*

촬영장에 도착하자 나진영이 가장 먼저 태웅을 반갑게 맞이했다.

"태웅 씨, 왔어요?"

"아, 네."

끔찍이 싫어하는 강창구와 키스신을 찍지 않아도 된다는 사실에 그녀는 기분이 좋은 것 같았다.

극이야 개판이 되든 말든 그녀에게는 그 점이 중요했다.

"바뀐 대본 어때요? 너무 괜찮지 않아요?"

"글쎄요. 전 좀 뜬금없지 않나 싶은데……."

"에이, 요즘은 열린 결말이 유행이잖아요. 시즌2 나오기도 딱 좋은데 왜요?"

'망하면 시즌2도 없다고.'

역시 과도한 욕심은 무리수를 부르는 법.

동 시간대의 대작 드라마를 시청률로 꺾었다는 사실에 들떠서 날뛸 때부터 알아봤다.

이제 저 헛바람 든 피디와 작가는 더 이상 성공적인 작품을 만들지 못할 것 같은 예감이 들었다.

"태웅 씨."

이번엔 강지나가 손을 흔들며 다가왔다.

"저 좀 잠깐 볼 수 있어요?"

"물론이죠. 지금 바로 갈까요?"

나진영이 강지나를 아래위로 훑어보며 싸늘한 표정을 지었다.

그토록 싫어하는 강창구의 누나이자 매니저이다 보니 당연한 반응이었다.

"그럼 진영 씨, 촬영 잘해요."

태웅은 뚱한 얼굴의 그녀에게 인사하곤 강지나를 따라 촬영장 한쪽 구석으로 갔다.

메이크업을 받고 있던 강창구가 그를 보고 못마땅한 듯 인상을 썼다.

따악!

"아악! 왜 때려?"

"사람을 봤으면 인사를 해야지, 뭐 하는 버릇이야?"

야단을 칠 때는 얼음처럼 쌀쌀맞아지는 강지나였다.

움찔한 강창구가 고개를 까딱이며 마지못한 투로 말했다.

"안녕하세요."

"안녕, 창구 씨. 좋은 아침이네요. 하하하!"

망나니 교육을 대신 시켜주고 있는 강창구의 누나가 그는 참으로 대단하다고 느꼈다.

아무리 누나지만 저런 미친 말을 어찌 저렇게 유순하게 길들일 수 있을까?

"하실 말씀이란 게 뭔가요?"

태웅은 그녀가 바뀐 대본에 대해서나 아니면 강창구의 연기에 대해 이야기할 것이라고 예상했다.

하지만 그녀의 입에서 나온 말은 뜻밖의 이야기였다.

"태웅 씨 연기를 계속 봤어요. 볼 때마다 대충대충 하는 것 같으면서도 이상하게 빨려 들어가는 매력이 있더라고요."

"감사합니다."

"그래서 말인데, 저희 회사로 오실 생각 있나요?"

"지나 씨 회사요?"

"네, 제가 얼마 전부터 ROD 대표를 맡고 있어요. ROD 들어보셨죠?"

물론 들어보다마다.

대한민국 3대 기획사 중 하나로 손대는 아이돌마다 대박을 터뜨리고 있는 '미다스의 손' 프로듀서 주은래가 있는 곳이다.

게다가 요즘은 모델과 배우 영입까지 손을 뻗치고 있어서 음악뿐 아니라 드라마나 영화 쪽에도 활발히 진출할 것이라는 소문이 있었다.

"지나 씨가 어떻게……."

"사실 ROD 지분 대부분이 삼원 그룹 소유였거든요. 이번에 아예 인수하게 됐어요."

그제야 그는 이해가 되었다.

그렇다고 해도 이렇게 젊은 여성이 거대 기획사의 대표라니

놀라울 따름이다.

"그러니까 저한테 ROD로 오라고 말씀하시는 건가요?"

빙긋 웃으며 고개를 끄덕이는 강지나를 보고 태웅은 의아한 듯 물었다.

"왜 저를 데려가려고 하시죠? 전 이번에 갓 데뷔한, 나이도 있는 신인 배우에 불과한데요."

"그런 건 중요하지 않아요. 전 그 사람의 가능성을 보고 제의하는 것이니까요."

태웅은 그녀의 눈을 빤히 들여다보았다.

그녀는 피하지 않고 부드러운 눈으로 마주 보았다.

"휴……."

절로 한숨이 나왔다.

확실히 매혹적이고 건강한 정신을 가진 여자였다.

이전 같으면 앞뒤 가리지 않고 자신의 여자로 만들었을 것이다.

데이라 엔젤을 만나기 전의 그라면 여자 문제에 대해서도 거침이 없었으니까.

"일단 저의 가능성을 높게 평가해 주신 건 고맙습니다."

"일단은?"

"하지만 그건 어렵겠네요."

"왜죠?"

그녀는 조금도 당황하지 않은 듯 태연하게 물었다.

신인 배우라면 대형 기획사, 그것도 대표의 러브콜에 환호를 해도 모자랄 판국이다.

그런데 이 남자는 도리어 거절하고 있었다.

"전 지금 소속사가 있습니다."

"그래요? 맨날 혼자 다니시고 차도 없이 오시기에 없는 줄 알았는데……."

'그동안은 운전할 줄 아는 매니저가 없었으니까.'

그는 어깨를 으쓱했다.

"얼마 전에 계약했어요. 친구가 대표로 있는 회삽니다."

"혹시 이름이 어떻게 되죠? 그 회사요."

"실버문 엔터테인먼트라고, 소속 연예인이 저까지 셋입니다."

"그렇구나. 혹시 1인 기획사인가요?"

"맞습니다."

"이미 계약한 게 이유라면 도와줄 수 있어요. 계약 파기로 인한 금액은 저희 쪽에서 부담하도록 하죠. 얼마가 됐든."

놀랄 만한 제안이었지만 태웅은 고개를 저었다.

"단지 그게 이유는 아닙니다."

"친구라서? 한국식 온정주의 같은 건가요?"

"그냥 친구라서가 아니라 인간적으로 좋은 친구입니다. 같이 회사를 키워보고픈 마음이 들게 했으니까요. 그리고 일적으로도 유능합니다."

"그래요. 아쉽네요."

겉으론 담담한 척했지만 그녀는 왠지 애가 탔다.

이 남자는 지금 당장은 보잘것없을 수도 있다.

하지만 앞으론 분명 거목이 될 인재였다.

예리하기로 소문난 그녀의 감은 이 배우를 잡아야 한다고 외치고 있었다.

"너무 구차하게 구는 것 같지만 생각이 바뀌면 언제든지 말해줘요. 꼭 같이 일해보고 싶으니까요."

"정말 감사합니다."

그럴 일은 없을 테지만 태웅은 고개를 끄덕였다.

사실 윤철이 아니더라도 큰 기획사에 들어갈 생각은 없었다.

행동에 제약이 생기기도 하고 친구와 함께 회사를 키운다는 재미도 없다.

빌어먹을 시스템과 미션 때문에 백 퍼센트 자유롭게 새 삶을 누릴 수는 없지만 즐길 수 있는 한도 내에서 즐기고 싶었다.

이전 삶에서 누릴 수 없던 소소한 일상, 그리고 해보지 못한 배역들.

풋풋한 소시민의 삶.

'스타까지는 되지 않겠다. 그러니까 더더욱 대형 기획사 따위엔 들어갈 수 없지.'

그가 촬영을 위해 돌아간 후, 강창구가 못마땅한 눈초리로 자신의 누나를 흘겼다.

"제정신이야? 저딴 허접한… 아니, 평범한 조연 배우를 영입하겠다고?"

태웅에 대한 욕을 쏟아내려던 그는 강지나의 굳은 얼굴을 보고 말을 바꿨다.

그로서는 태웅이 같은 기획사에 소속되어 한솥밥을 먹는다는 것은 끔찍한 일이었기에 누나가 거절당한 것이 천만다행이었다.

"모르면 가만히 있을래? 나 지금 기분 안 좋으니까."

그 말에 강창구는 조용히 입을 다물고 그녀의 눈치를 보았다.

그녀는 멀어져 가는 태웅의 뒷모습을 보며 자꾸만 한숨이 나오려는 것을 참았다.

자신의 제안을 조금의 아쉬움도 없이 거절하는 당당한 태도.

단순히 우정을 위해서가 아니라 친구의 능력을 신뢰하기에 함께하고 싶다고 했다.

'스타는 만들어지는 것이 아니야. 스타는… 타고나는 거야.'

그녀는 그를 보며 그 사실을 어렴풋이 느낄 수 있었다.

※   ※   ※

'청춘은 맛있어!' 15화 녹화가 끝났다.

마침내 '그랜드마스터 셰프' 대회에서 우승한 주인공 한해는 요리 평론가 오소영이 오너로 있는 스타플릭스호텔 레스토랑의 메인 셰프 자리를 제안받게 된다.

아직 대학생인 그로서는 마치 꿈만 같은 제안.

갈등하는 한해에게 더욱 노골적으로 접근하는 오소영과 부모님이 어릴 적부터 점찍어 놓았다는 배필 유가영의 등장으로 인해 한해는 혼란에 빠진다.

이 사실을 알게 된 여주인공 방현아는 방황하던 와중에 프랑스 유학을 제의받게 되고, 세계적인 스타 셰프 에밀리 하츠에게 사사할 기회를 얻게 되는데…….

"이제 드디어 마지막 회 촬영만 남았구나."

정리에 들어간 촬영장을 보며 홍구가 만감이 교차하는 표정을 지었다.

"니가 출연자냐, 스태프야? 표정이 왜 그래?"

"왠지 내 드라마 같다. 내 친구가 맹활약하는 드라마라서
그런가?"

"오글거리는 소리 관두고 얼른 돌아가자."

서둘러 사무실로 돌아가려는 태웅의 눈에 누군가 자신을
향해 다가오는 것이 보였다.

"진짜… 빨리 가자니까."

싱글벙글하며 다가온 나진영이 아쉬운 듯 말했다.

"태웅 씨, 너무 아쉬워서 어떻게 해요? 이제 촬영이 한 회밖
에 안 남았어요."

"…그러네요."

"섭섭하다. 시청률도 잘 나오는데 연장 방송 안 되나?"

희망 사항인 듯한 말하는 그녀였지만 태웅은 피식 웃기만
했다.

"오오, 나진영! 나진영 씨구나!"

옆에 있던 홍구가 그녀를 보고 호들갑을 떨었다.

"누, 누구세요?"

"안녕하세요? 저는 앞으로 한국 드라마계를 이끌어갈 배우
박홍구라고 합니다."

"배우… 시구나. 처음 보는데."

그 말에 홍구는 움찔했지만 이내 과장되게 웃으며 말했다.

"제가 아직은 존재감이 없어서 그렇습니다. 앞으로 자주 보

시게 될 거예요. 물론 TV에서 말입니다. 하하하하!"

"…야, 빨리 가자니까."

"에이, 뭐가 그리 급해? 나진영 씨, 저 팬입니다. 사인 하나만 해주시죠."

"사인이요? 그런 거 잘 못하는데."

"제가 가보로 남기려고 그럽니다. 워낙 좋아하는 배우시거든요."

태웅은 헤벌쭉하는 홍구가 쪽팔려서 그만하라고 옆구리를 쿡쿡 찔렀다.

하지만 홍구는 아랑곳하지 않고 끊임없이 나댈 기세였다.

"진영 씨, 내가 다음 스케줄이 있어서 빨리 가봐야 할 것 같아요. 그럼 내일 봬요."

결국 뒷덜미를 붙잡고 질질 끌다시피 해서야 홍구를 빼낼 수 있었다.

"기대할게요! 준비 잘해오세요! 후훗!"

그녀가 손을 흔들며 외치자 태웅은 황당해졌다.

'뭘 기대한다는 거야? 뭘 준비해?'

그녀의 말을 곱씹고 있는데 홍구가 잔뜩 부러운 얼굴로 그를 바라보았다.

"왜?"

"넌 좋겠다. 내일 나진영이랑 키스하는 거냐?"

"뭐래? 연기다, 연기. 좋긴 뭐가 좋아?"

"당연히 좋지. 미녀 여배우와 키스신이라니. 아니, 그걸 떠나서 어쨌든 저렇게 언제든지 촬영장에서 편하게 얘기할 수 있는 거 아냐. 여배우들하고. 그렇지?"

이 인간, 아무래도 순수한 마음으로 배우를 하고 싶다고 한 게 아닌 것 같았다.

"에라이, 자식아. 뭘 그렇게 잔뜩 발정이 나가지고 난리야?"

"발정이라니? 이건 순수한 한 남성으로서의 바람이……."

문득 태웅은 한 가지 사실을 기억해 내곤 이해한다는 듯 고개를 끄덕였다.

아직 홍구는 숫총각에 모태 솔로였다.

*　　　　　*　　　　　*

검정색 밴을 자랑스럽게 사무실 건물 주차장에 가져다 놓은 윤철은 태웅과 홍구를 불렀다.

"어때? 쥑이지?"

그의 얼굴에는 자부심이 짙게 배어 있었다.

"이걸 뭔 돈으로 구했어? 장기라도 팔았냐?"

"…리스했다."

이제 소속 연예인도 여럿 생기고 운전기사도 생긴 만큼 큰 맘 먹고 마련한 것 같았다.

"돈 열심히 벌어야겠네."

"행사 열심히 물어다 줘라. 뭐든 다 뛸 테니까."

홍구가 자신만만하게 말했다.

그 모습을 보며 태웅이 혀를 찼다.

'여자 보고 헤벌쭉하는 버릇 못 고치면 어딜 나와도 문제가
될 텐데……'

TV에 본모습을 노출할 수밖에 없는 예능 프로에 나온다면
홍구 같은 사람은 백 번 털리고 또 털릴 타입이다.

하지만 뭐든 몸으로 때우겠다는 투철한 스턴트 정신이 있
는 만큼 어쩌면 예능 블루칩이 될 수도 있을 것 같았다.

"주행거리 30만 킬로미터인 차 타느라 후들거렸는데 이제
좀 안심이네."

"에이, 그래도 그 차 때문에 어제 편하게 갔잖아?"

넉살을 떨며 운전석에 앉은 홍구가 태웅에게 얼른 타라고
손짓했다.

태웅이 뒷좌석 문을 열고 자리에 앉는데 갑자기 윤철이 따
라 탔다.

"넌 왜 타?"

"나도 촬영장 가보려고 그런다. 명색이 대표에 매니저인데
마지막 회 촬영은 직접 라이브로 봐줘야지."

"에이 씨, 이렇게 우르르 몰려가면 어떻게 해?"

구린 남자들끼리 검정색 밴을 타고 촬영장에 내리는 그림이 그다지 산뜻해 보이지 않는다 생각한 태웅이 거절했으나 윤철은 막무가내였다.

"알았다. 그러면 사고 치지 말고 조용히만 있어."

"걱정하지 마. 매니저로서의 임무에만 충실히 할 테니까."

세 남자를 태운 밴이 사무실 앞을 힘차게 출발했다.

*　　　　　*　　　　　*

드디어 '청춘은 맛있어!' 마지막 회 촬영 무대인 공항.

드라마 촬영을 한다는 소식에 몰려든 군중들을 통제하느라 스태프들이 진땀을 뺐다.

더욱이 결정적인 스포일러가 될 수 있는 마지막 신은 노출을 막고자 엄중한 경계하에 촬영될 예정이기에 스태프들은 한층 더 긴장하고 있었다.

메이크업을 담당하는 분장 팀이 오늘따라 유독 꼼꼼하게 태웅을 가꿔주고 있다.

'무슨 결혼식 분장하는 것 같네.'

문득 두 번의 실패한 결혼 생활이 떠올라 기분이 영 꿀꿀했다.

쓸쓸해하는 그의 마음을 아는지 모르는지 홍구와 윤철이 신기한 듯 뒤에서 훔쳐보고 있었다.

"이야, 죽이네."

"그러게. 얼굴에서 빛이 난다, 빛이 나."

"거 쪽팔리니까 좀 조용히 할래?"

마침내 태웅이 한마디 하고 나서야 두 남자의 수다가 멈췄다.

"그런데 정 대표 너, 가봐야 되는 거 아니냐? 버터인지 마가린인지 하는 아가씨가 기다리고 있다며."

"그렇긴 한데……."

"어떻게 그런 걸 까먹냐? 콘셉트 회의 하는 날이라며."

윤철은 난처한 표정을 지었다.

"아, 키스신은 보고 가고 싶은데."

"빨리 가! 걔 또 도망가면 어쩌려고 그래?"

태웅이 소리치고 나서야 윤철은 마지못해 발길을 돌렸다.

"홍구, 나 좀 태워주면 안 돼?"

"내가 왜? 난 여기서 태웅이 봐줘야지."

"…니가 잊었나 본데, 그래도 나 대표거든?"

하지만 키스신을 보고야 말겠다는 홍구의 고집을 끝내 꺾지 못한 그는 택시를 타고 공항을 떠났다.

엄중한 보안 속에서 촬영은 순조롭게 진행되었다.

드디어 대망의 클라이맥스.

'청춘은 맛있어!'의 최고의 하이라이트인 공항 시퀀스였다.

오소영과의 관계를 정리하며 대형 호텔 레스토랑 메인 셰프 자리를 거절한 주인공 한해.

홀로서기를 준비하던 그는 부모가 정해준 배필인 파티쉐 유가영을 단호하게 끊지 못하고 망설인다.

이별을 고하기 위해 그녀를 만나지만 끝내 말을 꺼내지 못하고……

그 모습을 보고 유학을 결정한 후 공항으로 향하는 방현아.

그녀를 배웅하기 위해 나온 황갈을 위시한 조리학과 친구들.

뒤늦게 한해는 유가영의 차를 얻어 타고 공항으로 달려가지만……

그가 그녀의 차에서 내리는 것을 본 방현아는 그가 보는 앞에서 황갈에게 키스를 한다.

벙찐 한해를 두고 비행기를 타는 그녀는 의미 모를 미소를 짓는다.

카메라가 창공을 가르고 이륙하는 비행기를 비추며 마지막 엔딩 크레디트이 올라가게 된다.

'아무리 봐도 이건 제정신이 아냐.'

하지만 분명 장안이 발칵 뒤집어질 만한 반전 결말이긴 했다.

그렇다면 그로서는 딱히 손해 볼 것이 없었다.

말도 안 되는 결말 수정으로 수작 드라마를 망작으로 망친 피디와 작가만 비난받을 뿐이다.

"진짜 황당하지 않아? 무슨 대본을 발로 쓰나?"

강창구가 강지나와 함께 대본 리딩을 하면서 코웃음을 쳤다.

"내 살다 살다 이런 막장 결말은 처음 본다. 그럼 시즌2는 뭐 유럽에서 세계 각국의 셰프들을 상대로 도장 깨기 같은 걸 하는 거야? 아주 가관이겠어."

멀리 떨어지지 않은 곳에 있던 태웅은 그 얘길 듣곤 생각에 잠겼다.

'…그거 재밌겠는데?'

"자, 다들 모이세요! 마지막 시퀀스 촬영 들어갑니다! 원 테이크로 죽 가니까 가급적이면 한 번에 가자고요!"

여러 번 다시 찍기를 좋아하는 김광록 피디도 원 테이크 신에는 부담을 느끼고 있는 것 같았다.

그만큼 촬영 전 치밀한 동선 계산과 정교하게 맞아떨어지는 연기 합이 필요한 신이었다.

"레디! 액션!"

피디의 외침과 동시에 카메라가 돌아갔다.

헐레벌떡 유가영의 차에서 내린 한해.

고마운 그녀와 가볍게 포옹을 한다.

출국 수속을 기다리며 잠시 밖으로 나온 방현아가 한해에게 전화를 걸려고 하는데…….

한해와 유가영이 포옹하는 것을 보게 되고 놀란 표정을 짓는다.

격앙되어 안으로 들어간 그녀는 분이 풀리지 않는지 씩씩거리고…….

게이트 앞에서 그녀에게 작별 인사를 하는 조리학과 친구들.

'여기부터가 클라이맥스지.'

전력 질주로 로비로 달려오는 한해 역의 강창구를 보며 태웅은 내심 웃음이 났지만 참았다.

확실히 촬영 초반과는 달리 열심히 연기하는 모습이 눈에 띄었다.

여전히 본질은 천하의 망나니에 싸가지 없는 금수저이긴 하지만 그래도 연기에 대한 열정과 재능은 나쁘지 않았다.

"현아야!"

이마에 땀이 맺힌 채 달려오는 한해.

그를 차갑게 바라보던 방현아가 옆에 서 있는 황갈을 향해 고개를 돌린다.

미안함과 따뜻함이 뒤섞인 시선으로 자신을 바라보는 그녀의 눈빛에 의아해하는 황갈.

'이거 진짜 당황스러운데?'

애정이 듬뿍 담긴 나진영의 눈빛을 보며 태웅은 순간 당황했다.

하지만 연기의 프로답게 티를 내지는 않았다.

그녀가 살포시 눈을 감으며 태웅에게 가까이 다가오더니 부드럽게 입을 맞추었다.

따뜻하고 말랑말랑한 느낌의 입술.

정신이 아찔해질 만한 상황이었지만 태웅은 그녀의 얼굴을 보며 당혹스러워했다.

'이게 아닌데?'

"컷!"

갑자기 들린 피디의 외침에 모두가 움직임을 멈추었다.

영문을 모르겠다는 듯 자신을 바라보는 나진영을 향해 피디가 입을 열었다.

"진영 씨, 거기서 눈을 감으면 어떻게 해? 대본 못 봤어?"

그렇다.

태웅이 기억하기로 분명 '눈을 똑바로 뜬 채 한해 보란 듯이 황갈에게 키스한다'라고 되어 있었다.

그런데 마치 연인에게 키스하듯 눈을 감고 애틋한 표정을 지었으니 당연히 NG가 안 날 수 없었다.

"어머, 죄송해요. 제가 헷갈려서… 다시 할게요. 죄송합니다."

연신 사과를 남발하는 그녀에게 피디가 한숨을 내쉬었다.

"원 테이크 신이니까 NG 나면 모두 힘들어져요. 주의해서 한 번에 갑시다. 알았죠?"

"명심할게요!"

호언장담하는 그녀를 보며 태웅은 어딘지 모르게 찜찜했다.

'정말 헷갈린 거겠지?'

"레디! 액션!"

다시 강창구가 공항 로비를 가로지르며 달려오는 부분부터 시작되었다.

"현아야!"

제법 긴 거리였기에 달려오는 장면을 반복해 찍어야 한다면 꽤 힘들 것 같았다.

아까는 이마에 물을 뿌려서 땀이 나는 장면을 연출했는데, 이제는 실제로 땀이 나고 있었다.

이번에도 태웅에게 뜨거운 눈빛을 보내며 나진영은 입술을 가까이했다.

아까보다 한층 입술의 움직임이 예사롭지 않아서 그는 낯이 뜨거워졌다.

"커엇!"

피디가 자리에서 벌떡 일어나며 다시 소리쳤다.

"진영 씨! 눈을 뜬 채 살짝 한해를 바라봐야지! 복수한다는 느낌으로 말이야!"

"그렇게 했는데……."

"아니, 아니. 눈을 뜨긴 했지만 황갈만 바라보고 있었잖아!"

"에구, 그렇구나. 너무너무 죄송해요."

그녀가 다시 여기저기로 고개를 숙이며 사과했다.

"거 한 번에 제대로 좀 갑시다!"

강창구가 이마에 흐르는 땀을 닦으며 짜증 섞인 투로 말했다.

제법 긴 거리를 달려와서인지 숨을 헉헉거리고 있었다.

"네. 미안해요, 창구 씨."

사무적으로 말하며 나진영이 고개를 돌렸다.

순간 태웅은 그녀와 눈이 마주쳤다.

'이런 젠장. 역시 고의였어.'

시선을 교환하는 순간, 그는 그녀의 입가에 살포시 미소가 맺힌 것을 보았다.

마지막 회, 원 테이크 촬영인 클라이맥스 신에서 일부러 NG를 내다니!

기가 막혔지만 그녀는 한두 번으로 끝낼 생각이 없는 듯했다.

                    *   *   *

"컷!"

"커엇!"

"크어어어엇!"

피디의 목이 쉬었는지 쉿소리를 내고 있다.

"정말 너무 죄송해요. 어떻게 하죠?"

여전히 나진영은 가증스러운 연기를 하고 있었다.

"잠깐 쉬었다 합시다!"

현장의 배우와 스태프 모두 진이 빠져 버렸다.

그중에서도 가장 맛이 간 것은 강창구였다.

"내 저년을 그냥……."

온몸이 땀으로 흠뻑 젖고 이제는 다리까지 후들거리는 것을 느끼며 강창구는 이를 뿌드득 갈았다.

따악!

"아악! 왜 때려!"

"상대 여배우한테 저년이 뭐야, 저년이? 어디서 그딴 말투를 배워가지고……."

또다시 강지나에게 뒤통수를 후려 맞은 그가 억울해 미치겠다는 듯 발을 동동 굴렀다.

"열받아! 진짜 열받아 죽겠네! 왜 때려? 왜 때리냐고?"

"어머머, 얘가 왜 이래? 다섯 살짜리 꼬마도 아니고?"

촬영장 한구석이 시끄러워졌지만 나진영은 아랑곳하지 않고 태웅에게 작게 속삭였다.

"미안해요, 태웅 씨. 오늘 안엔 끝낼게요. 후훗."

'뭐, 뭐라고?'

벙찐 태웅은 머리를 절레절레 저으며 구석의 의자로 향했다.

"크윽! 너 이 새끼, 오늘 아주 계 탔구나. 부럽다, 부러워."

눈이 시뻘겋게 충혈된 홍구가 주먹을 쥐고 몸을 부르르 떨고 있었다.

"뭐가?"

"몰라서 물어? 그 입술을… 도대체 몇 번을……."

이윽고 그는 결연한 목소리로 선언하듯 말했다.

"나 정말 열심히 할 거다! 반드시, 꼭, 기필코 배우가 되고 말겠어!"

쩌렁쩌렁한 목소리에 태웅이 화들짝 놀랐다.

"목소리 낮춰, 이 병신아!"

잔뜩 독이 오른 강창구를 진정시킨 후 강지나는 태연한 표정으로 음료수를 마시며 휴식을 취하고 있는 나진영을 노려보았다.

'아주 앙큼한 여자애네.'

실수를 가장하고 있었지만 저 정도면 눈치 못 챌 수가 없다.

노골적으로 NG를 내며 연달아 태웅과 키스신을 찍고 있는 것이다.

게다가 얼마나 사이가 안 좋은지 모르겠지만, 강창구를 연달아 달리게 하며 엿 먹이고 있었다.

그녀의 입장에서는 그야말로 일석이조가 아닐 수 없었다.

결국 참다못한 강지나는 피디에게 다가갔다.

"어느 정도 타협하시는 건 어떨까요, 피디님."

정중하지만 쉽게 거부할 수 없는 그녀의 말에 피디는 황급히 고개를 끄덕였다.

"아무래도 제가 너무 까다롭죠? 장면에 대한 욕심이 좀 있다 보니… 허허허, 그래도 이쯤 되면 슬슬 확정을 해야겠네요."

"창구도 너무 많이 뛰어가지고 힘든 것 같고, 태웅 씨도 많이 지쳤을 거예요. 아주 입술이 퉁퉁 붓겠어요."

다소 뻐끔한 말로 마무리한 그녀는 이제야 속이 후련하다는 듯 물러났다.

'두고 보자, 나진영.'

싸늘한 시선을 아는지 모르는지 나진영은 여전히 작게 콧노래까지 부르고 있었다.

한편, 피디와의 친분을 핑계 삼아 촬영 현장에 슬쩍 끼어든 황병준 기자는 돌아가는 상황을 보며 묘한 기분에 휩싸였다.

'정말 열애 중인 건가? 그렇다고 보기엔 남자 쪽이 조금 이상한데?'

정황상 연애 중일 것이 확실해 보였지만, 기자로서의 감이 아니라고 말하고 있었다.

그렇다면 결국 그의 전문 기술을 발휘할 수밖에 없었다.

'역시 제대로 하려면 미행이지.'

드라마 마지막 회 촬영을 끝내고 실버문 엔터테인먼트 식구들은 조촐한 쫑파티를 가졌다.

물론 드라마 차원의 종방연도 있겠지만, 당장은 같은 식구들과 한잔하고 싶은 게 태웅의 심정이었다.

마가린은 그동안 공연을 함께한 밴드 멤버들과 마지막 환송회를 한다며 불참했다.

어디 떠나는 것도 아닌데 무슨 환송회를 하는지 알 수 없다며 윤철이 툴툴거렸다.

"그래서 대신 태선이가 왔잖아. 이래서 역시 가족이 최고다."

"심심해서 온 거거든."

민망해하며 얼굴이 붉어졌지만, 오빠 일에는 은근히 빠지기 싫어하는 이 시대의 참된 동생이 아닐 수 없었다.

"여긴 참 좋은 게 밤새워 시끄럽게 떠들어도 아무 말 없단 말이야. 참 인정 많은 건물이야."

홍구의 말에 윤철이 묘한 표정을 지었다.

"글쎄, 그걸로 인정이 많다고 하면 안 되지."

"왜?"

"여기가 보증금이랑 월세가 엄청 싸거든. 그런데도 공실이 많아. 왜 그런지 아냐?"

"여기서 자살한 사람이라도 있냐? 아니면 살인 사건이라도 났다거나."

"딩동댕."

"뭐?"

화들짝 놀란 홍구와 놀러온 태선이 동시에 벌떡 일어났다.

"그, 그게 정말이야?"

"나 갈래. 무서워."

"에이, 괜찮아. 귀신 나온다는 소문 정도만 있을 뿐 별다른 건 없어."

"으아악!"

호들갑을 떠는 두 사람을 보며 태웅은 하품을 했다.

선천적으로 겁이 없는 그에게 둘의 반응은 웃기기만 했다.

"가긴 어딜 가? 지금 시켜놓은 음식이 얼만데. 입이 줄면 아까워서 안 돼."

윤철이 짐짓 단호한 척 말하곤 조용히 킥킥댔다.

원래 좀 진중하고 장난이라고는 모르는 줄 알았는데 친해지고 나니 꽤나 장난치기 좋아하는 성격이었다.

"싫어, 나 진짜 무섭단 말이야. 기절할지도 몰라."

"거 내가 키우는 거야. 무서울 것 없어."

태웅은 가려는 태선을 다시 자리에 앉혔다.

"그리고 이 시간에 혼자 다니면 안 되지. 너 요즘 이상한 일 많다며?"

"으응."

갑자기 발신 번호 제한으로 전화가 걸려와 받으면 한참 동안 말이 없다가 끊는다거나, 누군가 뒤를 밟는 듯한 느낌, 사물함이나 자리 위에 음료수나 꽃다발 같은 게 있다거나 하는 일이 자주 있었다.

"혹시 더 이상한 일이 있으면 말해. 이 오라버니가 든든하게 경호해 줄 테니까."

홍구가 호언장담하며 나섰다.

운전기사에 매니저, 각종 수리 등 관리까지 하고 있는 실버문의 살림꾼인 그가 이제는 소속 연예인 가족의 경호까지 하겠다고 나섰다.

이쯤 되면 진지하게 명함 하나 파주고 월급이라도 줘야 하는 건 아닌지 진심 어리둥절할 지경이다.

"귀신 오면 드리게 잔이나 하나 더 놔라. 귀신이라고 술 한 잔 안 하고 싶겠냐?"

계속 덜덜거리는 홍구와 태선에게 장난을 치고 있으니 TV 화면에 '청춘은 맛있어!' 마지막 회가 나오기 시작했다.

"오오, 드디어 나온다!"

다들 닭 다리 하나씩 집어 들고 입에 넣으며 드라마 마지막 회를 감상했다.

시끌벅적하던 사무실이 조용해질 정도로 모두 집중해서 TV 모니터에 눈을 콕 박고 있었다.

'얘들 앞에서 키스신이라니 민망하군.'

그는 곧 나올 문제의 장면을 생각하곤 어색해졌다.

수십 번의 NG를 내고서야 끝난 원 테이크 신은 정말 기억에 남을 만한 촬영이었다.

나름 충격적인 결말이다 보니 제작진은 보안에 온 힘을 쏟았고, 인터넷에 떠도는 스포일러 따위도 없었기에 오늘 방송이 나간 후 펼쳐질 아수라장이 은근히 기대가 되기도 했다.

중반이 지나고 마침내 클라이맥스인 공항 신.

너무 많이 뛰어서 산소 부족으로 얼굴이 새파랗게 질린 강창구가 여주인공을 부르며 달리기 시작했다.

그 모습을 차갑게 지켜보던 나진영이 태웅에게 키스하는 것을 보고 사무실이 술렁거렸다.

내용을 알고 있는 홍구와 윤철은 감탄할 뿐이었지만, 갑자기 날벼락을 맞는 태선은 벙찐 얼굴로 어버버거렸다.

"저, 저거 뭐야?"

"후후, 그렇게 됐단다. 조금 놀랐지? 하지만 키스신도 연기의 일부이니……."

"아니, 그딴 건 알 바 아니고, 내용이 왜 저래? 세상에, 잘나가다가 결말이 웬 막장?"

자신의 키스신에 동요할 거라 생각했지만 그녀는 전혀 신경 쓰지 않는 것 같았다.

'역시 반응이 좋지 않군.'

태선은 즉시 핸드폰으로 인터넷의 반응을 살폈다.

역시나 아수라장이 나 있었다.

—우와, 미쳤다! 이게 뭐야? 내가 뭘 본 거지?

—안 본 눈 삽니다. 바가지 써도 좋으니까 살래요.

—뜬금없는 열린 결말. ㅋㅋㅋ 제작진이 실성한 듯.

—시즌2 나와도 안 볼란다. 뒤통수 지대로네.

—역대급 결말이네. 진짜 갑자기 NTR 전개인 거냐.

이렇게 된 이상 이번 작과의 연은 홀홀 털어버리고 새 작품에 몰두해야 했다.

"윤철아. 아니, 정 대표."

"왜?"

"빨리 다음 작품 알아봐 줘라, 이미지 쇄신하게. 가급적 영화로."

드라마가 돌팔매질당한다면 배우에게 불똥이 안 튈 리 없었다.

같은 드라마 장르로 갈 수도 있지만 아예 다른 장르로 탈출하는 게 더 빠르고 쉬웠다.

"오빠, 이제 영화에도 나오는 거야?"

"그럼. 난 원래 영화 쪽이잖아."

그 말에 태선의 표정이 조금 어두워졌다.

'아차차. 괜한 말을 했네.'

영화 촬영 중에 난 사고로 혼수상태에 빠진 기억이 아직도 태선에게는 깊이 남아 있는 것 같았다.

"걱정 마. 이제는 안전한 것만 할 테니까."

"피, 그게 마음대로 돼? 그리고 오빠가 안전하려다 다른 사람들이 위험해질 수도 있잖아."

"캬, 역시 우리 태선이 마음이 비단결이라니까. 다른 스턴트맨 걱정해 주는 거야?"

홍구가 감동한 얼굴로 말했다.

"인간의 도리지. 난 그렇게 위험한 건 아무도 안 했으면 좋겠어. 그냥 다 CG로 하면 안 돼?"

"그럼 현장감이 없다고들 한다."

"그깟 현장감이 뭐가 중요해? 사람이 죽고 다치는 것보단 낫지."

아무래도 동생 하나는 잘 키운 것 같았다.

물론 태웅이 키운 것은 아니고 자기가 알아서 잘 자란 거지만.

태선이 소파에 기대 잠들자 홍구가 그답지 않은 굳은 얼굴로 말했다.

"그런데 임기환, 어떻게 할 거냐?"

"글쎄다. 조만간 조질 생각이긴 한데……."

임기환 감독쯤은 삼원 그룹 강부식 회장에게 부탁해 뒷조사한 자료만으로도 이미 골로 보낼 수 있었다.

다만 적절한 타이밍을 찾고 있을 뿐이다.

─임기환 감독의 화제작 '문제의 귀환'이 올해 칸 영화제에 진출합니다. 단순한 액션 블록버스터를 넘어 임 감독 고유의 미장센이 어우러진 예술적인 장르로 승화시켰다고 평가 받는

이번 작품은…….

TV 프로그램에서 흘러나오는 아나운서의 멘트에 잠든 태선을 제외한 셋의 눈이 번쩍 뜨였다.

"남 등골 빼 처먹으면서 잘 먹고 잘사는구먼. 제기랄."

홍구가 한숨을 푹 쉬었다.

"지금이라도 터뜨리는 게 어때? 저대로 계속 잘나가게 두는 건 좀 그렇잖아?"

윤철의 말에 태웅이 빙긋 웃었다.

확실히 지금이 최적의 타이밍이긴 했다.

가장 높은 곳에 있을 때 추락시켜야 고통이 더 큰 법이니까.

"나한테 다 생각이 있으니 걱정 마."

*   *   *

마지막 회가 방송되고 나서도 후폭풍은 한동안 계속되었다.

역대 괴상한 결말 베스트에 이름을 올릴 만큼 '청춘은 맛있어!'의 마지막은 두고두고 화제가 되고 있었다.

그와 동시에 태웅과 진영의 키스신도 적잖이 회자되었다.

두 사람 사이의 열애설이 퍼지고 있었기에 네티즌은 키스신 장면을 분석까지 해가면서 사귀는 게 틀림없다고 입방아를 찧었다.

결말에 기뻐하는 것은 강창구의 팬덤뿐이었다.

그들은 도리어 김태웅을 응원하면서 나진영과 오래토록 행복한 연애를 하길 바라 마지않았다.

"뭐야? 내 기사는 왜 이렇게 없어?"

인터넷 검색을 하고 있던 강창구가 불평을 터뜨렸다.

"기자들은 뭐 하는 거야? 도대체가 감들이 없어, 감들이."

강지나 또한 강창구보다 김태웅과 관련된 기사가 더 많다는 것을 느끼고 있었다.

"원래 언론은 가십거리에 더 관심이 많으니까 그런 거야. 걱정하지 마."

"아무리 그래도 그렇지, 내가 첫 주연을 맡은 드라마가 끝났는데 내 기사로 도배돼야지."

"이런 것에 들썩하지 말고 다음 작품이나 골라."

"다음 작품? 나 연기 또 하라고?"

"당연하지. 아이돌을 언제까지 할 수 있을 줄 알고?"

가수, 특히 아이돌의 수명은 정말로 짧았다.

때문에 길게 가려면 실력파 가수, 혹은 프로듀서로 변신하거나 배우 쪽으로 방향을 바꿀 수밖에 없었다.

큰 키에 나름 뚜렷한 이목구비와 튀는 인상을 가지고 있는 강창구는 아이돌보다는 배우 쪽이 훨씬 어울렸다.

그리고 재능 또한 음악보다는 연기 쪽이 많았다.

"앞으로는 좀 더 이미지 관리에 신경 써야 해. 작품은 내가 골라줄 테니까 커리어 확실히 쌓아보자."

배우에게 있어서 중요한 것은 커리어다.

망작에 한 번 출연하여 웃음거리가 된다면 이미지를 회복하기 쉽지 않았다.

첫 드라마는 트렌디한 쪽으로 갔지만 앞으로는 신중하게 골라줄 생각이다.

"일단 벌써 들어온 시나리오가 영화 다섯 개에 드라마 셋이야. 너를 표 좀 팔아줄 아이돌 출신 배우로만 보는 게 아니라 연기 좀 하는 배우로도 생각하고 있다는 거지. 천천히 골라보자."

그녀의 목표는 직접 키운 배우를 한류 스타로 만들고, 할리우드로 진출시키는 것이었다.

동생을 열심히 키우면서 한편으로는 재능 있는 배우를 찾는 것.

그것이 그녀가 하고자 하는 일이었다.

'반드시 라이더 베스 같은 세계적인 스타를 만들 거야.'

그녀는 아직도 라이더 베스의 광팬이었다.

　　　　*　　　　　*　　　　　*

'파더스 키친'의 CF 촬영을 마친 태웅의 다음 스케줄은 곧바로 '청춘은 맛있어!'의 공식 종방연이었다.

원래대로라면 예상 못 한 대박을 터뜨렸기에 마냥 즐겁고 들뜨기만 할 자리지만, 마지막 회의 반응 때문에 어떤 분위기일지 예상하기 어려웠다.

강남의 한 고깃집을 아예 통째로 빌려서 하는 종방연에 출연 배우와 스태프들이 대부분 참석했다.

역시나 매니저를 자처하는 홍구가 참석하겠다는 말에 태웅은 단박에 거절했다.

왠지 사고를 칠 것 같아서였다.

대신 윤철을 대동하고 회식 장소에 도착하니 고깃집 앞에 기자들이 진을 치고 있었다.

'호오, 역시 화제의 드라마라 그런지 종방연도 찍으러 왔구나.'

물론 내부에는 들어가지 못하지만, 기자들은 종방연에 참석하는 배우들의 사진을 찍기 위해 일찍부터 나와 있었다.

"김태웅이다!"

그가 걸어가자 기자들이 술렁거렸다.

연신 서터가 터지는 바람에 태웅은 눈이 부셔서 인상을 찡그렸다.

"야야, 웃어. 웃어야지."

"에이 씨, 선글라스 없어?"

툴툴거리는 태웅에게 윤철이 자주 쓰던 선글라스를 꺼내 건넸다.

"태웅 씨! 여기 보고 하트 한번 해줘요!"

경박해 보이는 기자 하나가 소리쳤다.

'아오, 이 잡것들. 지긋지긋해 죽겠네.'

아직 파파라치가 따라붙을 단계는 아니었지만 벌써부터 스멀스멀 느낌이 오자 짜증이 났다.

윤철의 도움을 받아 그들 사이를 헤치고 지나가는데, 누군가가 슬쩍 팔을 잡는 게 느껴졌다.

울컥하여 보니 웬 능글맞아 보이는 날카로운 인상의 기자 하나가 씨익 웃으며 귓가에 대고 말했다.

"요즘 여동생한테 이상한 일이 있는 걸로 아는데, 저한테 소스가 좀 있습니다만."

"뭐라고요?"

태웅은 자기도 모르게 목소리를 높였다.

기자는 조용히 하라는 듯 손가락을 입에 대더니 다시 나지막하게 말했다.

"연락 주세요. 쫑파티 재밌게 하시고요."

기자가 건넨 명함을 본 후 고개를 드니 어느새 그는 멀찍이 사라지고 없었다.

'한세일보 황병준 기자라… 도대체 태선이에 대해서 뭘 안다는 거지?'

*   *   *

마지막 회 시청률 '그날이 온다' 5.8퍼센트, '청춘은 맛있어!' 9.6퍼센트!

최종 시청률 집계가 끝나고 발표되자 종방연 현장이 환호로 뒤덮였다.

마지막 회의 반응 때문에 의기소침해 있던 김광록 피디와 유성미 작가가 잠시 시름을 잊고 자리에서 벌떡 일어나 만세 삼창을 했다.

"만세! 만세! 만세! 이 시대 최고의 청춘 드라마는 뭐다?"

"청춘은 맛있어 화이팅! 우리 배우들, 스태프들 모두 고생 많으셨어요!"

벌써 술을 꽤 들이켰는지 불콰해진 얼굴로 여기저기 돌아다니는 두 사람을 보며 태웅은 혀를 찼다.

'앞날이 어찌 될지도 모르는 하루살이들, 쯧쯧. 그나저나 평균 시청률은 어떻게 되지?'

[미션을 달성하였습니다! 평균 시청률 0.8퍼센트 차이로 '그날이 온다'를 눌렀습니다.]
[보상으로 라이프 포인트 100이 주어집니다.]
[튜토리얼을 완료하였습니다.]
[보상으로 라이프 포인트 200이 추가로 지급됩니다.]

'헐! 이런 초대박이!'
이번 보상으로 얻게 된 라이프 포인트는 무려 300.
남아 있는 라이프 포인트가 65이니 합산하면 365.
무려 1년이라는 시간이 남은 것이다.
그동안 직장인이 통장 잔고 체크하듯 남은 날을 계산하며 마음 졸였는데, 한동안은 걱정 없을 것 같다.
'그런데 튜토리얼 완료라… 무슨 게임도 아니고.'
그는 넉넉해진 포인트만큼이나 넉넉해진 마음으로 메뉴를 소환했다.
남은 날이 꽤 많아진 만큼 유용한 스킬을 구입하는 것도 나쁘지 않았다.
하지만 그는 스킬 대신 '기억 해방' 메뉴에 시선이 갔다.

굳이 전생의 기억을 되살릴 필요가 있을까 싶었지만, 떠오르지 않는 기억이 있다는 것이 왠지 꺼림칙했다.

미친 기억력의 소유자인 그가 잊어버린 기억이 있다면 아마 약물 과다 복용의 영향일 것이라고 생각했다.

그러면서도 자꾸만 이상한 기분이 드는 것은 어쩔 수 없었다.

'뭐에 포인트를 투자할지는 천천히 생각해 보자. 급할 건 없으니까.'

"어이, 김태웅이. 무슨 생각을 그렇게 하고 있어?"

종방연에 참석한 원로 배우 고강호가 그의 어깨를 두드리며 옆자리에 앉았다.

"선생님, 오랜만입니다."

"허허허, 한번 찾아오랬더니 오지도 않고, 많이 바빴나 보지?"

"죄송합니다. 워낙 정신이 없어서……."

"이 친구도 참. 농담이야, 농담. 일단 한 잔 받게."

그가 따라준 술을 받아 마시며 태웅은 강창구의 동태를 살폈다.

나대지 않고 축 처져 있는 모습을 보니 참 많이 변했다는 생각이 들었다.

사실 그의 성격이 변했다기보다는 둘러싼 주위의 억압이

너무 커서라고 할 수 있다.

한바탕 기를 꺾어 버린 태웅에 어릴 때부터 무서워하던 할아버지의 친구이자 원로 배우 고강호, 그리고 자신을 쥐 잡듯 잡는 누나 강지나까지.

이 정도면 오히려 변하지 않은 게 이상했다.

"그래, 회사는 들어갔다고 했고, 다음 작품은 정했나?"

"아직 생각 중입니다."

"드라마야, 영화야?"

"일단은 영화 쪽을 생각하고 있습니다."

"하긴 자넨 스턴트맨 출신이니 영화 쪽이 더 익숙하겠지. 스케일이 큰 영화도 좋지만 관객에게 보다 인상 깊게 다가갈 수 있는 영화에 출연하는 것도 경력에 도움이 될 거야."

연기 경력으로 따지면 할리우드의 노장 배우들도 압도하는 그이기에 태웅은 기꺼이 고개를 숙였다.

천재적인 연기력으로 유명한 그였지만, 연기의 극에 오른 노장 배우들은 언제나 존경하고 있었다.

모건 프리먼, 잭 니콜슨, 클린트 이스트우드 같은 이들의 연기는 이미 연기가 아닌 빙의 수준으로 연기를 초월한 자연스러움이 돋보였다.

"혹시 자네, 조상순 감독 영화에 출연해 보고 싶은 생각 없나?"

"조상순 감독님이요?"

"그 친구, 영화에 들어갈 남자 신인 배우가 필요한데 구하기가 힘든 모양이야. 스케일 크고 관객 많이 들 영화는 아니지만, 좋은 기회니까 한번 잘 생각해 봐."

조상순 감독은 단편 예술영화로 시작하여 꾸준히 자기 색깔을 유지하고 있는 충무로에서 보기 드문 감독이다.

그의 영화는 대부분 남녀 간의 연애사를 다루며, 여행지에서의 인연이나 술자리 장면이 주를 이룬다.

뻔하고 반복되는 패턴의 영화임에도 그는 한 우물만 계속 팠고, 필모그래피가 수십 개가 된 시점에서는 이미 세계에서도 주목받고 있는 거장의 반열에 올라 있었다.

"조상순 감독님은 늘 데리고 있는 배우들만 쓰신다고 들었는데요."

"가끔 신인 중에 한 명씩 건져 올리기는 한다네. 하지만 조심해야 해. 한번 코 꿰이면 계속 찍어야 할 수가 있거든. 허허허."

그의 말대로 충무로에서 알아주는 괴짜 감독인 만큼 이상하게 그의 영화에 한 번 출연하기 시작하면 계속해서 차기작까지 얼굴을 비추는 배우들이 많았다.

큰 비중이 아니라 카메오로도 어떻게든 나오는 걸 봐선 인간적인 매력이 있거나 다른 거절할 수 없는 이유가 있는 것 같았다.

고강호의 제안에 그는 생각에 잠겼다.

다음 영화는 블록버스터인 '우상'에 출연하여 한국 영화계에 강렬한 인상을 남길 생각이었다.

하지만 조상순의 영화를 떠올리자 알 수 없는 갈증이 그를 사로잡았다.

오랜 기간 그는 그런 종류의 영화에 출연하지 못했다.

최고의 스타였기에 언제나 수십, 수백 개의 시나리오가 그를 기다리고 있었고, 타이트한 스케줄과 어마어마한 시선들이 그의 차기작에 쏟아졌다.

아무리 작은 영화라도 그가 출연하면 규모가 커졌고, 어떤 배역을 맡아도 스크린에서는 그만 화려하게 빛났다.

그냥 동네 이웃처럼, 지나가는 사람처럼 스쳐 갈 수 있는 연기에 그는 목말라 있었다.

"그런데 제가 스케줄이 어떻게 될지 모르는데, 괜찮을까요?"

"이 사람, 조상순에 대해 못 들어봤나? 길어봤자 일주일이면 돼. 그 정도 시간은 뺄 수 있지?"

"일주일이요? 사전 미팅 말씀하시는 건가요?"

"아니, 영화 촬영 기간을 말하는 거야."

"일주일 만에 장편영화 한 편을 다 찍는다고요?"

"필 받으면 사흘이면 될걸? 대본은 촬영장 가면 줄 테니 거기서 한 번 스윽 보면 돼."

"대본을 현장에서……."

드라마 쪽대본도 아니고 영화 대본을 그렇게 준단 말인가?

"운 좋으면 대본이 없을 때도 있어. 가만, 운이 나쁜 건가? 하하하하!"

얘기를 들어보니 상황만 대충 던져주고 알아서 자유롭게 연기하는 걸 찍기도 한다고 한다.

그의 영화 대부분이 술자리에서 대화를 나누는 신이 많아서 가능한 것 같기도 했다.

"고민해 보겠습니다."

태웅의 말에 고강호가 껄껄 웃었다.

"그래, 신중하게 생각하는 게 좋아. 자네가 여기서 덥석 물었으면 꽤나 실망했을 거야."

기분 나빠하는 기색이 조금도 없어 보이는 것으로 보아 대인배는 대인배인 것 같았다.

고강호가 잠시 자리를 비우자 윤철이 그에게 다가와 옆구리를 쿡 찔렀다.

"그 감독, 진짜 괴짜라던데. 괜히 똥 밟는 거 아닌지 모르겠다."

"한다고도 안 했는데, 뭘. 그리고 잘될 수도 있지. 왜?"

임기환이 칸 영화제에 진출했다는 사실이 화제가 되고 있었지만, 사실 조상순은 칸 영화제를 밥 먹듯 진출하고 있는 세계적인 거장이었다.

한국에서만 마니아만 보는 영화를 찍는 감독으로 인식되고 있을 뿐이다.

"이쪽은 신경 쓰지 말고 다음 작품이나 빨리 섭외해 줘."

"으이구, 알았다. 더 부담되게 생겼네."

윤철은 종방연 현장에서도 보이는 사람마다 인사를 하며 얼굴도장을 찍고 있었다.

붙임성이 좋은 성격이라곤 생각하지 않았는데, 일할 때만큼은 의식적으로 활발하게 움직이며 사람들에게 말을 붙이고 다녔다.

기본적으로 남의 말을 잘 들어주고 사람을 편안하게 해주는 편이다 보니 어느새 그의 주변에는 많은 사람들이 몰려 있었다.

'자식, 제법이네.'

내심 흐뭇한 기분에 맥주를 홀짝거리던 그는 멀리서 태연하게 앉아 있는 나진영을 보고 얼굴이 굳었다.

'에이, 대충 하고 빨리 가야겠다.'

그녀가 자신에게 시선을 돌리자 그는 황급히 고개를 돌렸다.

잠시 후 다시 보니 그녀는 의외로 주변 사람들과 자연스럽게 어울리며 이쪽에 별 관심을 두지 않고 있었다.

안도의 한숨을 쉬고 있는데 강지나가 강창구를 대동하고 다가왔다.

강창구는 잔뜩 구겨진 표정이었는데 어쩔 수 없이 따라온 듯했다.

"다음 작품은 정하셨어요?"

"아직 생각 중이에요. 제안 온 곳은 있는데 마땅치 않아서요."

"어머, 진짜요? 하긴 태웅 씨는 요즘 핫하니까 많이들 찾을 거예요."

"핫하긴요. 잠깐 반짝하는 것이겠지요."

"겸손하셔라. 하긴 요즘 사람들이 워낙 빨리 잊는 것 같아요. 그 전에 좋은 작품 해서 자리를 잡으셔야죠."

그녀는 잠시 뜸을 들이다가 말을 이었다.

"다음 작품도 창구랑 함께 나오면 좋을 텐데 아쉽네요."

그는 강창구의 뜨악한 얼굴을 보고 피식 웃었다.

"조상순 감독이라고 아세요?"

"그럼요. 유명하신 분이잖아요. 특히 세계시장에서 더."

"그렇군요."

"왜요? 그분한테 제의받으셨어요?"

"네, 그래서 고려 중이긴 합니다."

"제가 듣기로는 그분 올해만 찍을 영화가 서너 편 잡혀 있다던데, 스케줄이 맞으시겠어요?"

"어차피 일주일밖에 안 찍는답니다."

"영화를요? 단역으로 나오시는 거예요?"

"아니요. 영화 자체가 촬영 기간이 짧다고 하네요."

"일주일 만에 영화라니… 후훗. 정말 재밌겠네요. 하긴 길게 찍는다고 좋은 작품이 나오는 건 아니니까."

*   *   *

종방연은 흥겨운 분위기 속에 별 탈 없이 흘러갔다.

이런저런 사람과 어울리다 보니 술이 센 태웅도 어지간히 취하고 말았다.

완전히 맛이 가버린 김광록 피디가 폭탄주를 제조하여 돌리는 바람에 술 약한 배우들은 진작 포기를 선언하고 자리에서 일어났다.

1차가 파하는 분위기라 슬슬 돌아가려고 눈치를 살피는데 어딘가에서 시끄러운 소리가 들려왔다.

시선을 돌리자 강창구와 나진영이 서로 핏대를 세우며 소리를 지르고 있는 광경이 눈에 들어왔다.

"이게 진짜 보자 보자 하니까! 너, 마지막 촬영 때도 나 일부러 뺑뺑이 돌렸지? 진짜 뒈지고 싶냐?"

"죽여봐, 이 새끼야! 내가 니네 회사 연습생 잘렸다고 처음 봤을 때부터 무시했지? 니가 뭔데 잘난 척이야? 백 없으면 아무것도 아닌 게."

배우들과 스태프들이 우르르 몰려들어 말리는데도 좀처럼 다툼이 잦아들 기미가 보이지 않았다.

'지나 씨는 어디 간 거야? 그 사람 아니면 못 말릴 것 같은데.'

고강호가 일찌감치 돌아간 데다 강지나마저도 어디로 갔는지 보이지 않았다.

'내가 나서야 하나?'

하지만 저 둘 사이에 끼어들 생각만 해도 머리가 아파왔다.

'아니야. 괜히 똥 밟지 말고 그냥 조용히 있다가 가자. 지들이 알아서 하겠지.'

그는 가까이 있는 윤철에게 콜택시를 불러달라고 한 후 화장실로 향했다.

*   *   *

"김태웅 씨, 첫 드라마 끝낸 거 축하해."

화장실 밖으로 나온 그는 자신을 기다리고 있는 누군가를
보고 얼어붙었다.

　그가 처음 촬영장에 왔을 때 말을 걸던 남자.

　어느 순간 갑자기 사라진 유령 같은 남자.

　"이렇게 말해야 하나? 튜토리얼 달성을 축하합니다, 라고."

　오한수가 비릿한 미소를 지으며 그를 바라보고 있었다.

　벽에 기대어 자신을 내려다보고 있는 오한수의 미소가 태웅은 무척 기분 나쁘게 느껴졌다.

　'가만, 근데 내가 왜 저 인간을 올려다보고 있지?'

　땅딸막한 그를 왜 자신이 올려다보는 걸까?

　잠시 후 그는 자신이 바닥에 주저앉아 있다는 것을 알아차렸다.

　'이게… 어떻게 된 거야?'

　눈앞이 빙글빙글 돌고 온몸에 힘이 들어가지 않았다.

　주변의 모든 풍경이 현실감이 없었다.

"많이 어지럽겠지? 어디가 아픈 건 아니니 걱정하지 말게나."

"뭔가를 탔군. 이 망할 자식. 도대체 무슨 짓이야?"

언제 그랬을까?

잠시 한눈판 것 외에는 거의 제자리에 있었는데…….

"넌 도대체 뭐냐? 시스템에 대해서 뭘 알고 있는 거야?"

그는 방금 전 분명 튜토리얼 달성을 축하한다고 했다.

그렇다는 것은 분명 시스템에 대해 알고 있다는 뜻이다.

김태웅의 몸으로 깨어난 이후 줄곧 품고 있던 의문을 풀 수 있는 기회였다.

"궁금한 게 많겠지? 의심 가는 것도 많고, 두렵기도 할 거야."

그는 담담하게 말했다.

전처럼 비굴하게 웃거나 실없는 말을 늘어놓지는 않았다.

"나는 시스템의 요정이라네. 너와 김태웅을 연결시켜 준 주인공이기도 하고."

"시스템의… 요정?"

전혀 요정같이 생긴 얼굴이 아닌데?

"그래. 네가 살 수 있는 건 바로 김태웅의 꿈 때문이야. 김태웅의 꿈이 너의 자양분이자 식량이라고나 할까? 그러니까 넌 그의 꿈을 이루기 위해 노력해야 해, 라이더 베스."

"…뭐라고?"

자신의 전생을 알고 있다.

이자는 도대체 어디까지 알고 있는 걸까?

"네 삶은 화려하고 성공적이기도 했지만 처절한 실패와 고통, 외로움으로 가득하기도 했지. 세계적인 슈퍼스타, 할리우드 역사상 최고의 연기 천재. 하지만 결국 어떻게 됐지? 여자도 잃고 명성도 잃고 결국엔 목숨까지 잃었지. 어디서부터 잘못됐을까?"

태웅은 아무 말도 할 수 없었다.

그의 입에서 나오는 말들이 화살처럼 날아와 가슴에 꽂혔다.

"새로운 삶에서 그 해답을 찾아봐. 네겐 무수한 선택지가 있으니까."

오한수는 꼼짝 못한 채 앉아 있는 태웅에게 다가와 그의 어깨에 손바닥을 얹고 가볍게 두드렸다.

잠시 후 그는 씩 웃으며 돌아서서 손을 흔들었다.

"그럼 다음에 또 보자고. 지금보다 훨씬 유명해졌을 때 말이야. 아, 물론 네 전생만큼은 안 되겠지만."

그가 사라지는 모습이 점점 뿌옇게 보였다.

세상이 안개에 휩싸인 것처럼 시야가 흐려지고 있었다.

'꿈인가? 아니면 환각인가?'

태웅은 한참 동안 멍하니 자리에 앉아 오한수가 사라진 곳을 바라보고 있었다.

얼마나 시간이 지났을까?

어렴풋이 윤철이 당황한 얼굴로 자신을 흔드는 게 느껴졌다.

"야, 김태웅! 정신 차려, 인마!"

*   *   *

다음 날 아침.

자신의 집에서 깨어난 태웅은 동생 태선에게 한바탕 잔소리를 들어야 했다.

"도대체 술을 얼마나 마셨기에 그렇게 된 거야? 오빠, 이제 연예인이잖아. 그런데 그렇게 꽐라가 되면 어떻게 해? 정신이 있는 거야, 없는 거야?"

그녀가 번개같이 휘두른 손바닥을 뛰어난 반사 신경으로 피하며 태웅은 손을 내저었다.

"이 오라버니가 피곤하다, 동생아. 난 한숨 더 잘 테니 일어나서 속 풀게 해장국이나 좀 끓여놓아라. 알았지?"

"진짜 죽을래? 당장 안 일어나면 해장국을 확 머리에 부어 버린다!"

씩씩거리는 태선의 등쌀에 못 이겨 결국 그는 자리에서 일어나야만 했다.

집 청소를 하고 동생이 차려준 해장국을 입에 떠 넣으며 그는 생각에 잠겼다.

윤철의 말에 따르면 자신은 완전히 술에 떡이 되어 화장실 앞에 주저앉아 있었다고 했다.

하지만 그의 기억으로는 술을 그 정도로 많이 마시지 않았다.

'내가 이렇게 술이 약했나? 아니면 그 멍청한 피디가 준 폭탄주를 마셔서 그랬을까?'

오한수를 만난 것이 현실이었는지, 아니면 알코올 섭취로 인한 환각 증상이었는지 확실치가 않았다.

'시스템의 요정? 김태웅의 꿈 덕분에 내가 살 수 있다……'

오한수의 말은 아직도 믿기지가 않았다.

시스템을 누가 만들었으며, 어째서 김태웅의 몸으로 되살아난 걸까?

문득 태웅은 오한수를 이전 삶에서 본 적은 없는지 궁금해졌다.

라이더 베스일 때의 기억은 온전치 않았다.

새로운 몸으로 왔을 때 이미 상당수가 지워진 상태였다.

'기억을 되살려 볼까?'

시스템의 '기억 복원' 메뉴에서 라이프 포인트를 소모해 이전 삶의 기억을 되살릴 수 있었다.

그동안은 포인트가 아까워서 굳이 그 메뉴에 접근하지 않았다.

어차피 새로운 몸으로 새로운 삶을 살게 되었고, 전생의 기억은 고통으로만 다가왔기 때문이다.

설사 기억을 되살려 본다고 해도 오한수의 정체에 대한 실마리를 찾게 된다는 보장은 없었다.

'청춘은 맛있어!' 첫 촬영 때의 미션, 단 한 번의 NG도 내지 않고 촬영을 마쳤을 때 추가 보상으로 전생의 기억 일부분이 해방되었다.

반쯤 맛이 간 눈빛.

반백에 폭탄 맞은 듯한 머리를 하고 있던 한 남자가 기억 속의 한 장면에 있었다.

'호그스키 박사, 혹시 그자가 시스템을 만든 사람인가?'

어렴풋이 받은 느낌으로는 그와 무척 친한 사이였다.

나이 차이를 떠나 마음속 깊은 곳까지 털어놓는 소울 메이트 같은 관계였다.

한참 동안 생각했지만 그가 정말 시스템을 만들었는지, 그렇다면 왜 만들었는지에 대해 전혀 짚이는 바가 없었다.

'결국 미국으로 가야 하는 건가?'

절친한 친구이자 매니저이던 엘런을 만나기 위해서도, 박사
의 정체를 캐내기 위해서도 때가 되면 미국으로 가야만 할 것
같았다.

　　　　　*　　　　　　　*　　　　　　　*

　"무슨 생각을 그렇게 해?"

　태선이 삐딱한 눈빛으로 그를 보며 물었다.

　"아무것도 아니야. 그런데 나 별일 없었나?"

　"정 대표님이 빨리 수습했기에 망정이지 안 그럼 개망신 당
했을 거래. 마침 지나가는 사람도 없었고 기자들도 없었다고.
그러니까 대체 어쩌자고 술을 그렇게……."

　"참, 너 요즘 이상한 일 있다고 한 거 아직도 그래?"

　그는 동생의 잔소리를 피하기 위해 일부러 화제를 돌렸다.

　"왜 말을 돌려? 내가 오빠 속셈을 모를 것 같아?"

　"에이……."

　역시나 보통이 아니다.

　"연예인은 자기 관리가 생명이래. 그 누구지, 작년에 죽은
할리우드 배우 있잖아. 라이더 버스인가? 그 사람도 맨날 사
고 치고 우울증 겪다가 약물 과다 복용으로 죽었다잖아."

　"…동생아, 라이더 베스 아니니?"

"베스든 버스든 그게 중요해? 어쨌든 오빠도 조심하고 또 조심해야지. 벌써 스캔들도 났잖아."

"으잉?"

태선의 말에 따르면 이미 나진영과의 스캔들이 광범위하게 퍼지고 있었다.

이런 추세라면 기사화되는 건 시간문제였다.

아니, 이미 몇몇 언론에서는 무책임한 추측성 기사가 뜨기도 했단다.

'이러면 곤란한데?'

이제 한창 뜨는 배우에게 있어 스캔들은 독이면 독이지 이득이 되진 않는다.

꼭 여성 팬을 고려해서가 아니라 진지하게 연기에 집중하는 것이 아니라는 이미지로 비춰질 우려가 있기 때문이다.

'그 기자, 만나도 되는 걸까?'

한세일보 황병준 기자.

태선에게 생기는 이상한 일에 대한 비밀을 알고 있다는 식으로 얘기했기에 한 번은 만나봐야 할 상대였다.

"아니 땐 굴뚝에도 가끔 연기가 나는 법이란다. 어차피 이 또한 지나가리라 아니겠니."

"그거야 모르는 거지. 그리고 나진영 걔 좀 이상한 거 같아. 홍구 아저씨한테 들었는데 일부러 키스신 때 NG 계속 냈다며? 암튼 조심해."

홍구 이 자식, 동생에게 별 쓸데없는 소리를 다 한다.

"그런데 너, 요즘 이상한 일 없어?"

"응? 무슨 일?"

"아니, 지난번에 말하지 않았어? 누가 따라다니는 느낌이 든다거나, 말없이 끊어지는 전화가 자꾸 걸려온다거나 하는 거."

"아, 그거? 모르겠네. 요즘은 좀 덜한가?"

이런 건 어지간히 둔한 것 같았다.

"이상한 일 있으면 바로 말하라니까. 세상에 나쁜 놈이 얼마나 많은지 알아?"

"치, 웬 잔소리? 나 무지 힘세니까 걱정 마."

자기 팔뚝에 힘을 주며 배시시 웃는 태선의 모습에 그는 절로 웃음이 나왔다.

*   *   *

태웅은 윤철과 상의한 후 황병준 기자와 인터뷰 약속을 잡았다.

언론과의 접촉은 소속사 대표와의 상의 없이 혼자 결정할 수 없는 문제였다.

"내가 참관할 테니까 이상한 소리는 못할 거야. 아니, 못하게 할게."

"태선이에 대한 얘기는 아마 단둘이서 하고 싶어 할 텐데."

"그땐 살짝 자리 비켜주지, 뭐. 그런데 그냥 낚시 아니야? 지가 뭔 수로 그런 걸 안다는 거야? 하여튼 수상쩍은 놈이야."

가족에 대한 문제를 가지고 흥정한다는 것 자체가 그리 좋은 부류의 인간은 아니라는 증거였다.

하지만 낚시라고 해도 낚여줄 수밖에 없는 일이었다.

사무실에서 윤철과 어떤 질문이 나올지에 대해 예상하고 어떻게 답변할지 의논하고 있는데 갑자기 핸드폰이 울렸다.

액정에 뜬 것은 모르는 번호였다.

"여보세요?"

―오, 김태웅 군?

일본 애니메이션에서나 나올 듯한 이상한 말투에 그는 고개를 갸웃했다.

"실례지만 누구시죠?"

―나 조상순이야. 강호 형한테 얘기는 들었지?

"앗, 조 감독님이시군요?"

종방연 술자리에서 고강호에게 조상순 감독 영화 출연을 생각해 보겠다고 한 일이 떠올랐다.

불과 어젯밤 일인데, 하루 만에 그에게서 전화가 걸려온 것이다.

―그래, 내 영화에 출연하겠다고?

다짜고짜 본론으로 돌입하는 그의 말에 태웅은 황당한 기분이 들었다.

"아직 하겠다고 말씀드리진 않았는데요."

―오케이. 그러면 수요일 점심 즈음해서 창덕궁으로 와.

"네?"

―그날부터 바로 찍을 거거든. 그냥 편하게 오면 돼.

이 인간, 사람 말을 안 듣는 건가?

"촬영을 한다는 말씀이신가요? 아까 말했다시피 전……."

―그냥 편하게 와. 출연 안 해도 되니까 그냥 한번 보고 가라고.

"아무리 그래도……."

―그럼 맛점 하시게.

그렇게 전화가 끊기자 태웅은 얼떨떨한 얼굴로 핸드폰을 바라보았다.

'오후 다섯 시가 다 됐는데 맛점은 무슨…….'

속전속결로 이루어진 영화 출연 결정으로 어리둥절해 있는 그에게 윤철이 물었다.

"뭐야? 조상순이야? 바로 영화 찍재?"

"그런가 본데?"

"뭐가 그렇게 빠르냐? 그런데 너 한다고도 안 했잖아?"

"그렇지."

"웃기는 양반이야. 하여튼 한국 영화도 참……."

"원래 이런 일이 많아?"

"이 바닥이 좀 막무가내에다 주먹구구로 돌아가는 데가 많잖냐. 스타일이라고 보면 스타일이고 구시대의 유산이라고 하면 그런 거지. 어쨌든 난 이런 거 영 성격에 안 맞아."

윤철은 한숨을 쉬며 고개를 저었다.

할리우드에서는 상상도 할 수 없는 일.

두 사람은 잠시 얘기를 나눈 후 일단 현장에 나가보기로 했다.

꼭 출연하기로 정한 것도 아니고 당장 스케줄이 있는 것도 아니었기 때문이다.

하지만 며칠 후, 저녁을 먹으며 뉴스를 보던 두 사람은 넋을 잃고 말았다.

─유명 영화감독인 조상순 씨가 자신의 작품에 출연한 여배우와 사랑의 도피에 나선 것으로 전해졌습니다. 그는 부인과 자식을 포함한 가족들과의 모든 연락을 끊고 브라질로 출국했다고 하는데요, 이 일로 인해 영화계는 충격에 빠졌습니다.

멍해진 태웅을 바라보며 윤철이 허탈한 표정으로 입을 열었다.

"이거 잘됐다고 해야 되냐, 안됐다고 해야 되냐?"

결국 태웅의 영화 데뷔작은 그렇게 시작도 하기 전에 무산
되어 버리고 말았다.

*　　　　*　　　　*

다음에 출연할 첫 영화를 고르면서 태웅은 느긋한 기분으
로 휴식을 즐기고 있었다.

마침 시기적절하게 CF 출연료가 입금되었기 때문이다.

6개월 계약에 1억 원.

이제 막 한 작품에 출연한 남자 신인 배우로서는 상당한 금
액이 아닐 수 없었다.

물론 유사 제품 광고에 출연할 수 없는 조항이 있었고, 세
금과 기획사 수수료 등을 떼긴 해도 적지 않은 액수였다.

"잘 써라, 동생아."

출연료가 들어 있는 통장과 카드를 태선에게 맡기자 그녀
는 순간 멍한 표정을 지었다.

현실인지 꿈인지 가늠이 잘 안 되는 모양이다.

"…이거 실화야?"

"실화지. 뭘 그 정도 가지고 그러냐. 앞으로 억 소리는 우습

게 들을 테니까 얼른 적응해."

"뭐야, 갑자기 그 재수 없는 말투는?"

그러면서 태선은 눈물을 뚝뚝 떨궜다.

"야야, 왜 그래?"

"모르겠어. 왜 갑자기 눈물이 나지?"

태웅의 마음이 싸해졌다.

워낙 오랜 시간 마음고생이 심했고 죽을 줄로만 알았던 오빠가 살아나 배우가 되고 이렇게 돈까지 벌어오니 그동안 쌓아둔 눈물의 둑이 터진 것 같았다.

이럴 땐 어떻게 해야 할지 몰라 그는 조심스럽게 동생의 어깨를 두드렸다.

그러자 그녀가 냉큼 태웅에게 안기며 엉엉 울어댔다.

날 선 말을 툭툭 던지기 좋아하면서도 이럴 때는 영락없는 아이 같다.

잠시 후 퉁퉁 부은 눈을 슬쩍 훔치며 그녀는 통장과 카드를 소중히 품에 넣었다.

"앞으로 우리 집 회계 담당자는 너다. 돈 관리 잘해."

그러자 태선이 정말 오랜만에 밝게 웃으며 말했다.

"옛썰!"

＊　　　　＊　　　　＊

실버문 엔터테인먼트 사무실에 들어서니 윤철이 누군가와 통화를 하고 있었다.

"아, 글쎄 출연 안 한다니까요, 감독님! 몇 번을 말씀드려요?"

한참 동안 전화로 실랑이를 하던 그가 마침내 단호하게 말했다.

"그러니까 저희가 다른 배우 출연하면 어떻겠냐고 말씀드렸는데 단박에 거절하셨잖아요. 어쨌든 태웅이는 안 한다니까 그렇게 아세요. 끊습니다."

통화를 마친 윤철이 천장을 보며 한숨을 내쉬었다.

"왜 그래?"

"네가 안 한다고 한 작품들 있잖아. 거기서 계속 연락 와서 거절했다."

드라마가 끝난 직후부터 태웅에게는 여러 개의 시나리오가 들어왔다.

하지만 필모그래피가 중요한 배우가 섣불리 영화 출연을 결정할 수는 없었다.

그래서 몇 년씩 휴식을 하면서 좀처럼 차기작을 결정하지 못하는 배우도 많았다.

지금까지 제안이 온 영화는 가볍기 짝이 없는 코미디 영화나 성인영화 정도여서 도저히 받아들일 수 없었다.

갓 뜬 황갈 캐릭터의 인기에 편승하려는 듯 인물 설정까지 흡사하여 태웅은 진저리를 치며 거절했다.

"아주 진드기다, 진드기. 차라리 작품성 있는 독립 영화라면 모를까. 정작 그런 데서는 제안이 안 오고 말이야."

"홍구는 어디 갔어?"

"어디 바람 쐬러 간다고 나갔다. 오늘 마가린 연습실 장비 사러 가야 하는데……."

말만 소속 연예인이지 거의 회사의 운전기사 노릇을 하고 있는 홍구였다.

그래서 그가 없으면 회사 밴은 하릴없이 주차장에서 먼지만 쌓여갔다.

'운전을 하라고 할 수도 없고, 참…….'

사실 처음에 윤철이 운전을 못한다는 사실을 알았을 때는 단지 황당하기만 했다.

하지만 다른 이유가 아닌, '운전 공포증'이라는 사실을 알았을 때 그 이유가 궁금해 물어보았다.

스턴트맨 생활을 그만두고 기획사 창업을 준비하면서 윤철은 제법 큰 기획사에서 로드 매니저로 잠시 일한 적이 있었다.

그때 한 걸 그룹을 태우고 운전을 했는데, 행사장으로 가던 도중 고속도로에서 졸음운전을 하던 트럭에 치여 대형 사고가 나고 말았다.

그로 인해 걸 그룹 여자애들은 대부분 죽고 윤철 역시 크게 다쳤다.

부상에서 회복한 후 그는 운전 공포증에 걸렸고, 로드 매니저 일도 하지 못하게 되었다.

'트라우마를 언제쯤 극복하려나.'

성실하고 진지한 윤철의 성격상 자신이 뒤치다꺼리를 하던 걸 그룹에게도 큰 애정과 열정을 쏟았을 것이다.

그런 애들이 하루아침에 죽고 그나마 살아남은 아이도 연예계를 떠나 버렸으니……

그때의 아쉬움과 슬픔 때문에 마가린에게도 저렇게 공을 들이는지도 몰랐다.

"그냥 날 불러. 나 운전 잘하는데 왜 부탁 안 하냐?"

그 말에 윤철이 피식 웃었다.

"넌 소속 연예인이잖아. 세상에 소속 연예인한테 운전 시키는 기획사 대표도 있냐?"

"어차피 홍구 없을 때는 촬영장까지 갈 때 내가 운전했거든?"

"그거야 니 스케줄 니가 알아서 간 거지. 하지만 이건 다른 연예인을 실어 나르는 거잖아."

"고집 부리려면 로드 매니저라도 하나 쓰던가. 내 CF 출연료에서 갈라 먹은 돈은 뒀다가 뭐 하려고?"

"야, 그게 얼마나 된다고? 우리 운영비로만 써도 금방 나가."

"됐고, 그럼 그냥 나한테 연락하라고. 운전기사 필요하면. 오케이?"

어차피 CF 출연료도 받아서 일하던 일식집도 관둔 그였다.

일식 조리사 숙련도는 90퍼센트를 찍었는데, 이 정도면 세계적인 명인 수준이다.

하지만 그렇다고 해서 일식집을 차린다거나 할 생각은 꿈에도 없었다.

*　　　　*　　　　*

삐리리리리—

또다시 전화가 오자 윤철은 잔뜩 날 선 얼굴로 통화 버튼을 눌렀다.

"감독님, 거 안 한다니까 왜 자꾸 그러세요?"

순간 그의 얼굴이 굳더니 갑자기 목소리 톤이 시폰 케이크처럼 부드럽게 변했다.

"죄송합니다. 제가 다른 분이랑 착각했습니다. 네, 물론입니다. 가능하고말고요. 정말 감사합니다."

전화를 끊은 그가 두 손을 번쩍 들곤 태웅을 향해 다가왔다.

"이 시대 최고의 기획사 대표는 누구다?"

"헛소리하지 말고 빨리 말해. 뭔 일이야?"

윤철은 팔을 내리곤 태웅을 향해 흥분한 목소리로 말했다.

"'우상' 오디션 보러 오란다. 고화영 감독이 직접 전화했어."

쉰 지 얼마 되지도 않았는데 윤철은 이미 배우 이력서를 돌린 모양이다.

그의 책상 한구석에 쌓여 있는 대본 몇 개로 보아 이미 거절한 것들 외의 시나리오도 적지 않게 받아온 것 같았다.

'회사 하난 잘 골랐다니까.'

태웅은 윤철의 수완에 흐뭇해했다.

"이거 좀 봐라."

그는 윤철이 건네는 '우상'의 대본을 받아 읽었다.

'정말 죽이는 시나리오야.'

나름 블록버스터에 많이 출연한 그로서도 금방 만족할 정도로 우상의 시나리오는 훌륭했다.

언뜻 보기엔 닳고 닳은 전형적인 조폭 영화로 보였지만 실은 다소 철학적인 주제까지 담아낸 액션 누아르였다.

게다가 재미와 대중성 또한 잃지 않아서 상업적인 성공 가능성 또한 충분했다.

"그 대본은 그냥 참고만 해."

윤철의 말에 태웅이 고개를 갸웃했다.

"왜?"

"대본이 많이 바뀌었대. 그건 초고야."

"그래봤자 뭐 얼마나 바뀌었겠어? 이 정도 퀄리티면 기껏해야 한 5~6교 정도겠는데?"

"아니, 아예 싹 갈아엎었었단다."

"뭐? 왜?"

"몰라, 자세한 내막은. 하지만 우상을 둘러싸고 안 좋은 일이 너무 많이 터지고 있는 건 사실이야."

이게 도대체 무슨 소리일까?

더할 나위 없이 잘빠진 시나리오에 훌륭한 배우들, 그리고 튼튼한 투자처와 배급사까지 어느 것 하나 대박 흥행을 예상하지 않을 수 없는 완벽에 가까운 영화였다.

그런데 시나리오를 싹 갈아엎은 것도 모자라 배우 캐스팅 문제로 인해 촬영이 중단된 상태라니…….

배경 또한 해외의 가상 도시를 배경으로 한지라 심히 걱정스러웠다.

"투자사 문제도 있고, 감독이 얼마 전까지 입원하기도 했고, 뭐 복잡한 사정이 있는 모양이야. 그래도 크랭크인은 한다니까 찍기는 하겠지. 벌써 들어간 돈도 꽤 된다니까."

자세한 내막을 알아보고 싶었지만 지금 단계에서 그가 알 수 있는 건 없는 것 같았다.

"일단 오디션은 금요일 낮 두 시야. 시간은 꽤 있으니 천천히 준비하면 될 거야."

"오케이. 드디어 제대로 된 영화를 한번 찍어볼까나."

하지만 정말 제대로 된 영화일지는 직접 눈으로 봐야 아는 법.

오디션 현장의 분위기와 스태프들을 살펴보면 대충 가닥이 잡힐 것도 같았다.

"그런데 나 오늘 스케줄 있지 않았냐?"

"너? 가만있자……."

스케줄 파일을 살피던 그가 화들짝 놀란 표정을 지었다.

"오늘 저녁에 너 그 황병준 기자하고 인터뷰 있네."

"그게 오늘이야?"

"그러게, 왜 이걸 까먹고 있었지?"

저녁이라면 그리 급한 건 아니지만, 문제는 그 전에 마가린의 스케줄이 잡혀 있다는 것이다.

"그럼 나 혼자 갔다 올게."

"그래도 되겠냐?"

윤철이 미안한 표정을 지었다.

"어차피 주의해야 할 점은 다 알고 있잖아. 내가 뭐 다섯 살짜리 어린애냐?"

태웅은 대수롭지 않다는 듯 말했다.

＊　　　　＊　　　　＊

삼원 그룹 본사 빌딩 펜트하우스에 위치한 서재 안.

느긋하게 차를 마시며 창문 밖을 내려다보던 강부식 회장이 소파에 앉은 미모의 여성에게 말했다.

"회사에 대한 이야기는 듣고 있다. 역시 너는 날 실망시키지 않는다니까."

그가 특별히 아끼는 손녀 강지나가 머리를 살짝 숙였다.

"감사해요, 할아버지."

"어디서 귀찮게 하지는 않고?"

"어느 누가 그러겠어요? 제가 할아버지 손녀인 거 여기저기 소문내고 다니셨잖아요. 호호호."

"그거야 이상한 날파리나 모기 같은 게 꼬이면 안 되니까 그런 게지. 어쨌든 요즘 ROD가 예전의 ROD가 아니라는 소리가 있더라. 활기차고, 참신하고, 유연하고… 암튼 좋은 말은 다 듣고 있다고 하니 이 할아비는 기분이 좋아."

"워낙 회사가 건실하니까 그래요. 물론 제가 좀 잘한 것도 있지만. 헤헤."

미국에서 오래 살다 온 것 때문인지 마냥 겸손하지만은 않은 성격 또한 강부식의 마음에 쏙 들었다.

"네 덕분에 창구도 요즘 마음잡은 것 같은데, 비결이 뭐냐?"

"그거야 할아버지가 워낙 무서우니까 잠시 조용한 척하는 거죠. 저도 워낙 괄괄하니까 그래도 누나 대접 해주는 거고요. 그리고 태웅 씨도 많이 도와줬고……."

"김태웅이… 그래, 그놈이 있었지. 제 복을 찬 놈."

태웅이 강지나의 제안을 거절했다는 소식을 듣고 강부식이 직접 붙인 명칭이다.

"자기 사람들이랑 회사를 하겠다니 어쩔 수 없죠. 조금 아깝긴 하지만."

"네가 보기에 그놈은 그릇이 어때?"

그녀는 할아버지가 왜 갑자기 자신에게 그런 질문을 하는지 영문을 알 수 없었다.

어릴 때 같았으면 당황할 일이었지만 지금은 달랐다.

"보통 사람은 아니에요. 자신감이 있지만 그렇다고 허세는 아니고요. 분명 그냥 평범하고 조금 가난하게 살아왔을 텐데, 이상하게 왕족이나 귀족 같은 분위기? 그런 게 있어요."

그녀는 말을 마친 후 조심스럽게 회장의 안색을 살폈다.

조금이라도 그의 의중을 파악하기 위해서이다.

"하하하, 그렇구먼. 귀족이라… 그래, 확실히 이 할아비가 보기에도 그냥 흙수저란 생각은 안 든단 말이야."

잠시 혼자서 뭔가를 생각하던 그가 갑자기 버럭 목소리를 높였다.

"난 그래도 그놈이 우리 창구를 사람 만들어보겠다고 해서 잔뜩 기대했는데, 사실 그걸 하고 있는 건 너잖아? 이거 수지가 안 맞는데?"

"수지요? 뭐라도 해주셨어요?"

확실히 뭔가를 해주긴 했다.

태웅이 원하던 것은 전혀 뜻밖의 것으로, 임기환 감독에 대한 치부였다.

지금 당장에라도 그가 들고 있는 자료로 임기환을 파멸시킬 수 있었다.

하지만 지금은 때가 무르익기를 기다리고 있는 것처럼 보였다.

'도대체 무슨 속셈인지 알 수가 없단 말이야, 그놈은.'

"할아버지까지 그렇게 관심 있게 보는 사람인 줄은 몰랐는데요? 꼭 영입해야겠어요. 호호!"

"그냥 좀 웃기는 놈이라 그래. 이 나이가 되면 매사에 무덤덤해지다 보니 그런 조미료 같은 놈한테 시선이 간단 말이야."

강지나는 회장의 뛰어난 안목을 알고 있었기에 그 역시 자신이 태웅에게서 본 것과 같은 가능성을 발견했다고 느꼈다.

"그런데 창구는 앞으로 배우 쪽으로 키우겠다고?"

"네, 애당초 아이돌보다는 배우가 창구에게 어울리기도 하고, 아이돌은 워낙 수명이 짧으니까요."

"기왕 만들 거면 글로벌한 물건으로 만들어봐. 우리 가문 사람이면 월드 스타 정도는 되어야지."

"그래서 아예 유럽이나 미국을 타깃으로 생각 중이에요. 요즘 중국 쪽은 길이 막힌 상태고 동남아 쪽은 시장의 한계가 있으니까요."

그녀는 강창구를 연기파 배우로 이미지 메이킹을 한 후 블록버스터에도 출연시켜 거물급 배우로 사람들에게 각인시킬 생각이었다.

강창구의 차기작 후보로 몇 개가 리스트에 올라와 있었는데, 얼마 전까지 가장 우선순위로 생각하고 있던 영화는 '우상'이다.

천재 프로듀서 '휘빈' 역할은 어느 모로 보나 떠오르는 스타를 만들기에 가장 적합한 배역이었다.

하지만 그녀는 최근 그 생각을 접고 말았다.

조사해 본 결과 '우상'에는 몇 가지 결정적인 문제가 있었기 때문이다.

　　　　　*　　　　　　*　　　　　　*

합정역 카페 거리.

프라이버시를 방해받지 않는 구조의 단골 커피숍에서 태웅은 황병준 기자와 인터뷰를 가졌다.

"그래도 나름 핫한 스타신데 이렇게 혼자서 훌쩍 오시다니, 참 소탈하십니다."

"아직 스타라고 부르기엔 좀 그런데요."

다른 신인 배우라면 스타라는 말에 나름 설레기도 하고 들뜨기도 하련만, 지극히 냉정한 말투로 부정하는 태웅에게 황병준은 은근히 놀랐다.

"인터뷰에 응하기 전에 먼저 들어야 할 게 있습니다."

날카로운 눈으로 자신을 바라보는 태웅을 보며 황병준은 이미 무슨 말을 하는지 알고 있다는 듯 씨익 웃었다.

"동생분 이야기 말씀이시군요."

조금이라도 허튼소리를 한다면 그 즉시 가만두지 않겠다는 기세다.

하지만 기자 생활로 잔뼈가 굵은 황병준은 아무렇지도 않게 주머니에서 사진을 꺼내 내밀었다.

"가족 일 가지고 장난칠 생각 없습니다. 동생분께 스토커가 붙은 모양이에요."

사진을 본 태웅의 눈빛이 순간 활활 타올랐다.

'아놔, 이 새끼가 아직 덜 맞았나 보지? 어딜 감히 내 동생을……'

틀림없었다.

강창구의 사주를 받아 자신을 손보려 한 건달들 중 하나였다.

싸우기 직전 멋진 대결이 어쩌고저쩌고 헛소리를 지껄이기에 특별히 조금 더 신경 써서 매만져 주었다.

"그런데 이건 어떻게 찍은 겁니까?"

황병준은 차분한 그의 목소리를 듣곤 내심 감탄했다.

보통 이런 경우 화를 주체하지 못하거나, 아니면 불안을 느끼고 당황해 어쩔 줄 몰라 하게 마련이다.

그런데 금방 냉정을 되찾고 사진을 찍은 경위를 묻고 있다.

산전수전 다 겪으며 숱한 연예인들을 다뤄봤기에 그는 한 번의 만남으로도 상대의 그릇을 파악할 수 있었다.

'역시 보통이 아니야.'

그는 내색하지 않고 태연히 태웅의 질문에 대답했다.

"김태웅 씨를 좀 팠습니다."

"그게 무슨 말이죠?"

"말 그대롭니다. 파파라치 노릇을 했다 이겁니다."

태웅은 어이가 없었다.

"스스로 실토하시는 겁니까? 나는 기레기라고?"

"기레기 맞습니다."

할리우드에서 파파라치 상대하는 법은 이미 만렙을 찍었다. 사실 한국의 기자들 정도는 그가 보기에 기레기 축에도 못

든다.

하지만 이 남자는 조금 독특하다는 생각이 들었다.

"인정하는 모습은 보기 좋군요. 하지만 거기까집니다. 나 하나라면 몰라도 내 가족한테까지 붙어서 사생활을 침해한다면 법적인 조치를 취할 겁니다."

"죄송합니다. 단, 동생분에게까지 카메라를 들이대려고 한 건 아닙니다. 사전 조사 정도 하려고 했던 것인데 거기 그 사진의 남자가 줄곧 동생분을 따라다니더군요. 물론 제가 잘못한 건 맞으니 사죄할 뿐, 변명은 않겠습니다."

"이미 많이 변명하신 것 같습니다만."

하지만 태웅은 당장 자리를 박차고 일어나지 않았다.

사실 이 뻔뻔한 기자는 교묘한 말로 위장하거나 거짓말을 할 수도 있었다.

그런데 자기 패를 고스란히 내보이고 있다.

무슨 속셈인지는 모르겠지만 일단 더 상대해 보기로 했다.

"만약 인터뷰를 거절하신다면 저는 즉시 돌아가겠습니다."

한참 동안 황병준을 노려보던 태웅은 한숨을 내쉬며 인상을 풀었다.

"하죠. 인터뷰."

그 말을 들은 황병준이 사람 좋은 미소를 지으며 고개를 꾸벅 숙였다.

"고맙습니다. 앞으로 가족분을 귀찮게 하는 일은 절대 없을 거라고 약속드립니다."

"믿겠습니다. 그런데 혹시 이 남자에 대해 아시는 게 있나요?"

"그것까진 모르겠습니다. 다만 개인적인 짐작은 있습니다."

"개인적인 짐작?"

"제가 느끼기론 뭔가… 이성적인 관심이 아닌가 싶더군요."

그 말에 태웅은 한층 더 불쾌해졌다.

"그러니까 기자님 말씀은 이 덩어리가 제 동생을 여자로 보고 있다 이겁니까?"

"제 추측일 뿐입니다."

전생에 그는 할렘가에서 자랐다.

나름 치열한 어린 시절을 보냈고, 산전수전 다 겪어왔다고 자부하는 몸이다.

하지만 갱이나 건달에 대해서는 태생적인 거부감을 가지고 있었다.

약자 위에 군림하고 강자에 굽실거리는 습성을 가진 부류라는 생각에 거의 결벽증에 가깝다시피 그쪽 세계 사람들과의 교류를 거부했다.

그런데 소중한 동생에게 그런 똥파리가 붙다니…….

'누구의 수작인지는 모르겠지만 걸리기만 해봐라. 아주 씨

를 말려 버릴 테다.'

이제부터는 보디가드라도 하나 고용하든지, 아니면 직접 따라다니면서 동생을 보호해야겠다고 생각하는 태웅이다.

"그럼 이제 인터뷰를 해도 되겠군요. 무척 기대했습니다."

진심인 듯한 황병준의 말에 태웅은 조금 의아해졌다.

"아직 겨우 드라마 하나 찍은 신인 배우에게 관심이 참 많으십니다."

"그거야 현재의 그림일 뿐이죠. 저는 항상 훗날의 그림을 봅니다."

"그림?"

"저는 연예인이란 캔버스 같은 거라고 생각합니다. 처음에는 텅 비어 있지만 점차 이런저런 물감에 뒤덮이면서 의미를 가진 그림이 되어가죠. 당장은 초등학생 수준의 스케치라도 머지않아 빈센트 반 고흐의 명화가 될 수 있는 것 아니겠습니까?"

'이게 뭔 헛소리야?'

표현은 마음에 들지 않았지만 뜻은 쉽게 이해가 됐다.

한마디로 태웅의 가능성을 봤다는 말이다.

"제가 유명한 배우가 될 것 같아 보입니까?"

"아니요."

단호한 그의 말에 태웅은 황당했지만, 곧장 이어진 말에 한

방 먹고 말았다.

"슈퍼스타가 될 것 같습니다."

언뜻 장난처럼 느껴질 수도 있었으나 황병준은 농담을 하고 있지 않았다.

"청찬은 감사합니다만 무슨 근거로 그런 말씀을 하시는 거죠?"

"감입니다. 그냥 감이 아니라 무척 적중률이 높은 감이지요."

"스타라……."

앞으로 스타가 될성부른 떡잎을 알아보고 인터뷰를 요청했다는 것이다.

그리고 집요하게 뒤를 쫓으며 일거수일투족을 지켜보고 있었다.

그 사실을 숨기지도 않았다.

"기자님도 참 재밌는 분이시군요. 어쨌든 알겠습니다."

이후 별다른 굴곡 없이 인터뷰가 진행되었다.

딱히 독특한 질문은 없었고, 성장 과정과 데뷔하게 된 경위, 그리고 앞으로의 계획 등에 대한 것이 대부분이었다.

그래서인지 태웅은 별다른 긴장감 없이 인터뷰를 편하게 해나갈 수 있었다.

"한 가지 궁금한 사실이 있는데요, 배우로 데뷔하기 직전 스턴트맨을 그만두고 두 달간 병원에 입원해 있었다는 기록을 확인했습니다. 심지어 혼수상태였다는데, 혹 그때의 일을 자세히 알 수 있을까요?"

충분히 예상한 질문이다.

자신에게 인터뷰를 요청한 기자라면 그 사실에 대해서도 조사를 했을 것이기 때문이다.

"사고가 있었죠."

"사고라면 '문제의 귀환' 말이군요. 그런데 그 일은 별로 이슈가 안 되었죠."

태웅은 잠시 뜸을 들인 후 대답했다.

"딱히 문제는 없었습니다. 제 실수로 비롯된 일이었으니까요."

"그런가요? 사실 이건 업계에서 떠도는 얘깁니다만, 임기환 감독이 장면 욕심이 지나치게 많다고 하더군요. 별것 아닌 신도 수십 번 찍는 건 일상적인 일이라고 들었습니다."

"저는 잘 못 느꼈습니다."

"스턴트맨들에게도 위험한 신을 여러 번 다시 찍게 한다고 들었는데, 아닌가요?"

"딱히 문제 될 만한 일은 없었다고 생각합니다."

황병준은 고개를 갸웃했다.

태웅이 울컥하며 사고 당시의 일을 어느 정도 털어놓을 줄 예상했다.

그런데 아무 일도 없었다며 언급 자체를 하지 않는다.

'정말 문제가 없었다는 건가? 아냐. 뭔가 감이 이상해.'

그렇다고 인정하고 넘어갈 수도 있었지만, 남다른 그의 감이 말하고 있었다.

'뭔가 숨기고 있어. 분명해.'

하지만 더 캐묻는다고 해서 털어놓을 상대가 아님은 첫눈에 알아보았다.

녹록지 않은 상대.

이제 막 데뷔한 신인 배우라고 보기에는 믿을 수 없을 정도의 단단함.

"세간에 저에 대한 소문이 조금 있는데 알고 계시나요?"

갑작스러운 질문에 태웅은 고개를 저었다.

"죄송합니다만 잘 모릅니다."

"이 바닥 사람들은 저보고 '찍죽'이라고 합니다. 찍히면 죽는다. 누구든 기레기 황병준의 관심을 받으면 뭐든 반드시 하나는 터진다고요."

"그렇군요."

태웅은 심드렁하게 대답했다.

도대체 이 작자는 무슨 얘기를 하려고 이렇게 말을 질질 끄는 걸까?

"하지만 그건 아무것도 모르고 하는 말입니다. 저한테 찍혀서 죽는 건 조무래기뿐이죠. 애당초 그릇이 그것밖에 안 되는. 하지만 될성부른 떡잎이라면 이야기가 다릅니다."

그는 자신 있는 말투로 입을 열었다.

"제 손을 거쳐 성공한 스타가 한둘이 아닙니다. 그들은 영리하게도 저를 이용할 줄 알았죠. 언론에게 시달리고 상처받고 무릎 꿇는 건 이, 삼류밖에 안 됩니다. 일류라면 언론을 이용하고 가지고 놀아야 한다는 거, 그게 바로 이 바닥의 진리죠."

"하고 싶은 말이 뭡니까?"

태웅의 말에 황병준은 보험을 파는 보험 설계사 같은 표정으로 대답했다.

"저와 손잡는 건 어떻습니까? 정상으로 가는 길을 훨씬 단축할 수 있을 겁니다."

그가 제안한 것은 완벽한 기획과 그에 따른 스타 메이킹이었다.

연예부 기자 중에서는 독보적인 위치에 있는 황병준이다.

"연예인들이 가까운 기자를 곁에 두는 건 흔한 일입니다. 밀착 취재 및 최신 소스 제공… 이런 베네핏이야 사실 대수로울 게 없죠. 태웅 씨 소속사는 아직 언론 홍보 쪽으론 약한 것 같은데 도움을 드리겠다는 겁니다."

무수히 많은 별들이 뜨고 지는 치열한 전쟁터에서 조금이라도 더 많이 사람들 눈에 띄어야 성공한다.

실력만 있으면, 재능만 있으면 성공한다?

이 바닥에서는 어림도 없는 이야기였다.

핵심은 바로 노출.

수많은 경쟁자보다 한 번이라도 더 사람들 시선을 끌어야 한다.

한 번이라도 더 언급되고, 한 번이라도 더 얼굴을 보여야 한다.

"됐습니다."

"…네?"

"번거롭게 그런 거 하지 말죠. 기자분과 너무 가깝게 지내는 것도 제 스타일이 아니고요."

그 말에 황병준은 혀를 찼다.

"스타로 자리 잡는 데 많은 힘이 될 것 같습니다만……."

"딱히 안 그래도 됩니다."

이게 도대체 무슨 소리인가?

이 바닥에 들어온 모든 배우들이 꿈꾸는 것이 바로 스타 아니던가?

"야심이… 아니, 욕심이 없다는 말입니까?"

"그렇게 안 해도 될 수 있다는 말입니다. 스타란 거 말이죠."

오만하기 짝이 없는 말이었다.

재능을 가지고 일찍부터 노력해도, 수 년, 수십 년을 굴러도 빛도 못 보고 사장되는 일이 다반사이다.

하지만 어느 시점부터 높은 확률로 스타를 제조할 수 있는 체계적인 시스템이 만들어졌다.

수많은 노하우와 빅 데이터, 그리고 자본과 마케팅의 힘으로 '스타 제작'이 가능해졌다.

황병준은 눈앞에서 철없는 말을 내뱉는 이 풋내기가 얼마 전 대형 기획사 ROD의 러브콜을 거절했다는 사실도 알고 있었다.

앞길이 보장되어 있는 로열 로드를 거부하고 소규모 기획사에 들어갔고 띄워주겠다는 영향력 있는 기자의 제안도 일언지하에 거절한다.

이 무슨 자신감일까?

"이 바닥은 녹록지 않습니다. 언론을 등에 업으면 상당한 동력원을 확보할 수 있죠. 충분히 정당하고 합법적인 방법입니다."

"누가 뭐라고 했습니까?"

이어진 태웅의 말에 업계 베테랑 기자는 입을 다물 수밖에 없었다.

"따라다닐 테면 따라다니고 찍을 테면 찍으면 됩니다. 기사를 낼 테면 내시고요. 그러면 됩니다. 손을 잡고 나발이고 그게 무슨 필요가 있습니까?"

*　　　*　　　*

인터뷰를 마치고 홀홀 떠나는 태웅의 뒷모습을 황병준은 한참 동안 바라보았다.

'찍을 테면 찍고 기사를 내리려면 내라?'

점잖은 기자 행세는 이제 끝이다.

그는 지나가는 사람들이 이상하게 볼 정도로 묘한 미소를 지었다.

'원하는 대로 해주지.'

*　　　*　　　*

집에서 편한 차림으로 느긋하게 휴식을 취하고 있던 강창구는 갑자기 울려대는 초인종 소리에 눈살을 찌푸렸다.

'에이, 어떤 개새끼야?'

모처럼 누나도 할아버지를 만나러 외출했기에 얻은 골든 타임.

어떻게 현재의 억눌린 생활을 벗어날지 궁리하며 TV를 보고 낄낄거리고 있던 와중이다.

딩동딩동.

흥겨운 리듬으로 울려 퍼지는 벨 소리를 들으며 분통이 터진 그는 자리에서 일어나 현관으로 향했다.

"누굽니까?"

인터폰 화면에 대고 신경질적으로 외치자, 모자를 쓴 누군가의 얼굴이 보였다.

─창구 씨, 접니다.

강창구는 김태웅의 얼굴이 보이자 기분이 팍 상했다.

가뜩이나 싫은 인간이 망중한을 깨다니…….

"뭐요? 난데없이 남의 집에 찾아오고."

게다가 안 하던 존댓말까지 하고 있다.

─누님께서 창구 씨 연기에 대해 의논 좀 하자고 먼저 가있으라고 하셔서요. 좀 들어가 있어도 될까요?

'씨발, 진짜…….'

그는 속으로 누나에게 욕지거리를 내뱉었다.

그렇게 싫다고 했는데도 또 이 인간을 집에 들인다는 말인가?

"나 혼자 있으니까 밖에서 기다려요."

─그 말 누님께 전해도 될까요? 화를 좀 내실지도 모를 텐데 괜찮겠어요?

태웅의 말에 화가 머리끝까지 치솟았지만 결국 강창구는 문을 열고 말았다.

누나에게 들을 잔소리가 귀찮았고, 그나마 요즘은 태웅과 별 접촉 없이 지냈기 때문이다.

'단둘이라고 어디 또 건드려 봐라. 이번엔 진짜 가만있지 않아.'

그동안 받은 수모를 되돌려 주기 위해 그는 요즘 열심히 격투기를 배우고 있었다.

턱을 치켜 올리며 현관으로 들어오는 태웅을 본 강창구가 입을 열었다.

"거 매너는 좀 지킵시다. 아무리 누나가 들어가 있으라고 했다고 해도 말이지, 갑자기 남의 집에 쳐들어와서 벨을 그렇게 누르고⋯⋯."

하지만 강창구는 말을 끝맺지 못했다.

태웅이 자신을 향해 눈에 불을 켜고 달려오고 있었다.

"이 씨발 놈아! 니가 감히 내 동생을 노려?"

부웅!

그의 몸이 전설적인 싸움꾼 시라소니처럼 허공을 가르며 날아왔다.

*   *   *

화창한 날, 조용히 돌아가고 있던 공기청정기가 적색경보를 울릴 정도로 먼지 나게 두들겨 맞은 강창구는 고풍스러운 그레이 톤 포세린 타일 재질의 거실 바닥에 30분째 머리를 박고 있었다.

"그러니까 니가 시킨 게 아니다?"

　얼음장처럼 싸늘한 태웅의 말에 강창구는 잔뜩 쉰 목으로 악을 썼다.

"몇 번을 말해! 그 새끼, 요즘 연락도 안 된다니까! 그때 너한테 얻어터지곤 쪽팔린지 잠수 탔다고!"

　태웅은 생각에 잠겼다.

　그렇다면 개인적인 원한으로 자신을 노리고 있단 말인가?

　세상에 하나밖에 없는 가족까지 건드리려고 한다는 건 그 야말로 용서받을 수 없는 중죄이다.

"이제 알았으면 나 좀 그만 괴롭혀! 아무 상관도 없는 사람한테 해도 해도 너무하잖아!"

　따악!

"크헉!"

　뒤통수를 맞은 강창구가 중심을 잃고 거실 바닥에 나뒹굴었다.

"짜샤, 애당초 너 때문에 시작된 일이잖아. 니가 날 조지려고 안 했으면 그런 놈을 내 인생에서 만날 일이 있었겠냐? 뭘 잘했다고 큰소리를 쳐?"

홈씬 더 패줄까 하다가 더 때렸다가는 아무래도 사고 칠 것 같아서 태웅은 천천히 숨을 골랐다.

"그런데 그 새끼 이름이 진짜 김샛별 맞아?"

"맞다니까."

처음엔 강창구가 구라 치는 줄 알았다.

산만 한 덩치에 험상궂은 건달 이름으로는 전혀 어울리지 않았다.

'샛별이고 똥별이고 간에 가만 안 둘 테다.'

그 어느 때보다 태웅의 분노는 펄펄 솟구쳐 오르고 있었다.

*   *   *

"뭐 하는 거야, 쪽팔리게?"

"뭐가 쪽팔려? 연예인 오빠 됐으면 자랑스럽게 생각해야지."

"자랑은 무슨……."

한동안 태선의 보디가드를 자처한 태웅은 학교에까지 그녀를 따라갔다.

화사한 캠퍼스의 풍경이 눈에 들어오자 그는 감회가 새로웠다.

가정 형편 때문에 대학교를 나오지 못한 그로서는 태선의 학교에 놀러 올 때마다 마치 대학생이 된 듯한 기분이 들었다.

태선의 학교는 대한민국에서 세 손가락 안에 든다는 명성대학교.

어려운 환경에서도 열심히 공부하여 그토록 들어가기 어려운 대학에 떡하니 합격한 동생을 떠올리자 뿌듯하기 그지없었다.

이렇게 기특한 태선을 그딴 깡패가 노린다는 사실을 생각하니 순식간에 분노 게이지가 정점을 향해 치솟았다.

'걸리기만 해봐. 아주 불알을 터뜨려 버릴 테다.'

혼자 주먹을 쥐고 뿌드득 이를 갈고 있는데 어디선가 웅성거리는 소리가 들려왔다.

"우와, 저기 황갈 아냐? 대박!"

"황갈이다, 황갈! 황갈이 우리 학교 왔다!"

'짜식들이 멀쩡한 이름 놔두고 왜 배역 이름을 부르고 난리야?'

'선도부'나 '햄벅', '이중구' 등 본명보다 배역 이름으로 불리는 여러 배우들이 문득 떠올랐다.

그만큼 강렬한 연기를 펼쳤다는 뜻도 되지만, 한편으로는 배우로서 이름이 덜 알려진다는 단점도 있었다.

찰칵찰칵.

뜨는 연예인인 그를 일찌감치 알아본 학생들이 여기저기서 몰려들어 핸드폰으로 사진을 찍어대고 있다.

보통은 꽤 짬밥 있는 연예인이라고 해도 불편하게 마련이건 만, 그는 자신을 향해 날아드는 카메라 세례가 아무렇지도 않았다.

"내가 오지 말랬잖아! 나까지 얼굴 다 찍히고 이게 뭐야?"

툴툴거리는 와중에도 태선의 입가에 은근히 미소가 번지는 것을 본 그는 내심 놀랐다.

'이것 봐라? 대중의 시선을 즐기고 있어?'

그녀에게 이런 면이 있다는 사실을 미처 몰랐다.

"애인인가? 황갈, 나진영이랑 사귄다고 그러지 않았냐?"

"아니야, 그건 그냥 헛소문이래."

"여동생 아니야? 왠지 얼굴이 닮았는데?"

"그러게, 근데 여동생 겁나 예쁘다. 완전 내 스타일이야."

여기저기서 시끌벅적한 소리가 들려왔다.

태웅의 동선을 따라 구름 떼처럼 몰려다니는 학생들 때문에 통학로가 붐빌 정도였다.

'먹물들도 연예인이라면 정신을 못 차리는군.'

이 중에는 몇 년 후 의사, 검사, 외교관 등등이 될 학생들도 있을 것이다.

그런 이들도 이렇게 자신의 사진 한 장 찍으려고 발버둥을 치고 있다.

'연예인이 벼슬이긴 벼슬이구나. 그런데 저건 뭐지?'

문득 그의 눈에 수많은 사람들의 뒤쪽으로 우뚝 솟은 검은 장승 같은 형체가 보였다.

의아한 생각에 집중해서 보니 어디서 봤다 싶은 인간이었다.

"저, 저 자식이……."

김샛별.

이렇게 많은 사람들 가운데서도 한눈에 띌 정도로 큰 덩치와 험악한 인상, 튀는 검은 정장을 입고 있었다.

하지만 태선은 전혀 아무런 눈치도 못 채고 있다.

'이렇게 주변을 못 볼 수가… 딱 봐도 저런 놈이 계속 따라다니면 모를 수가 없는데…….'

김샛별은 오늘도 멀리서 태선을 지켜보고 있었다.

원래는 벼르고 벼르던 태웅과의 재대결을 위해 태선을 이용하려 했다.

그런데 그녀를 자꾸 보면서 마음속에 다른 감정이 피어오르고 말았다.

해맑고 뽀얀 얼굴, 해바라기처럼 활짝 피는 미소, 처음 산책을 나온 강아지처럼 발발한 걸음걸이…….

어느 하나 그를 흐뭇하게 만들지 않는 것이 없었다.

오늘은 왠지 모르게 그녀 주변에 사람들이 구름같이 몰려 있어서 덩치 큰 그로서도 그녀를 보기 위해 한껏 인상을 쓰고 까치발을 할 수밖에 없었다.

툭.

그때 인파에 밀려 발이 꼬인 한 여대생이 그의 몸을 들이받았다.

하지만 통나무 같은 단단함 때문에 도리어 그녀가 튕겨져 쓰러지고 말았다.

"아야!"

김샛별은 바닥에 쓰러진 그녀를 보고 미안한 마음에 손을 뻗었다.

"이런. 미안합니다. 일어나시죠."

하지만 솥뚜껑같이 큰 손바닥과 햇빛에 그을린 험상궂은 얼굴, 그리고 날씨에 어울리지 않는 검은 정장의 조합으로 인해 뭔가 단단히 오해한 그녀가 깜짝 놀라 비명을 질렀다.

"꺄악! 죄, 죄송해요! 잘못했어요! 살려주세요!"

"아니, 학생. 그게 아니라……."

"정말 죄송해요! 제발 때리지 마세요!"

"때리긴 누가 때린다고?"

그녀의 비명으로 인해 순간 태웅 남매에게 몰려 있던 시선이 그에게 쏠렸다.

"뭐야? 조폭이다!"

"헐, 벌건 대낮에 조폭이 대학에서 뭐 하는 거야?"

"무서워. 누가 경찰 좀 불러!"

웅성거리는 소리에 태선 역시 몸을 움츠리며 김샛별을 보았다.

그녀와 눈이 마주치자 순간 긴장한 그는 동상처럼 움직임을 멈추었다.

오직 그녀에게만 온 신경이 집중되어 있던 그는 갑자기 시간이 느려지는 듯한 이상한 감각에 사로잡혔다.

'뭐지, 이건? 혹시 주마등 같은 건가?'

"이야아아아아아아아아!"

순간 고릴라를 연상케 하는 괴성이 들려왔다.

그의 눈에 무시무시한 스피드로 달려오는 한 남자가 보였다.

'김태웅!'

지리산에 들어가 두문불출하며 예전의 감각을 되찾아 그를 꺾기 위해 수련을 했다.

반달곰으로 오인받을 때까지 야생에서 생활하며 본래의 힘을 되찾았다고 생각했다.

그렇게 바라고 바라던 재대결.

그런데 지금 왜 몸이 움직이지 않는 걸까?

'카운터! 카운터를 날려야 한다!'

하지만 어느새 지척까지 다가온 태웅이 허공으로 번쩍 도약하더니 토르의 해머처럼 묵직한 기세로 그의 안면에 박치기를 내리꽂았다.

퍼억!

"크허억!"

거함이 침몰하듯 무릎을 꿇은 그의 몸이 천천히 바닥으로 쓰러졌다.

"우와! 김태웅이 조폭을 쓰러뜨렸다!"

"지금 봤냐? 무슨 UFC 선수 같았어!"

"이거 영화 촬영하는 거 아냐?"

순식간에 주변이 소란스러워졌지만 김샛별은 아무것도 들리지 않았다.

그저 아스라한 정신으로 자신을 두 번이나 쓰러뜨린 태웅을 향해 씨익 웃을 뿐이었다.

'또 지고 말았군. 깨끗이 승복한다. 넌 정말 최강의 남자다.'

졌음에도 왠지 후련한 기분이 들었다.

그는 힘겹게 엄지손가락을 치켜들려 했지만, 이내 날아든 사커킥으로 인해 그 뜻을 이루지 못하고 기절하고 말았다.

태웅은 사람들의 박수를 받으며 나지막하게 내뱉었다.

"왜 실실 웃고 난리야? 기분 나쁘게."

*   *   *

〈김태웅, 여동생이 재학 중인 대학교에서 한 편의 액션 활극을 찍다!〉

최근 종영한 NVC '청춘은 맛있어!'에서 '황갈' 역을 맡아 열연한 배우 김태웅이 서울 시내 모 대학에서 괴한에게 위협당하고 있는 여대생을 구해 화제가 되고 있다.

여동생이 다니는 대학교를 방문한 그는 모여든 인파 속에서 건장한 성인 남성이 한 여성을 쓰러뜨리고 위협하고 있는 광경을 목격, 지체 없이 달려들어 액션 영화에나 나올 법한 박치기를 날려 제압했다.

이 장면을 지켜본 목격자들은 이구동성으로 마치 한 마리의 날렵한 제비 같았다고 증언했다.

한편, 문제의 괴한은 자신에게 부딪친 여대생이 쓰러져 일으켜 세워주려고 했을 뿐이라며 완강하게 범행을 부인하고 있는 것으로 알려졌다.

'우상'의 오디션장으로 향하는 차 안.

각종 포털 사이트를 떠들썩하게 장식하고 있는 기사를 보며 윤철은 피식 웃었다.

"아주 액션 스타가 다 됐네. 이러다가 액션 영화 섭외만 계속 들어오는 거 아냐?"

"그것도 괜찮지 않을까? 근데 도대체 이 사진은 누가 찍은 거냐?"

홍구가 기사에 대문짝만 하게 실린 사진을 보며 감탄을 금치 못했다.

태웅이 괴한에게 박치기를 먹이는 장면이 예술적인 각도로 임팩트 있게 찍힌 사진이었다.

'찍을 테면 찍고 쓸 테면 쓰라고 했더니… 벌써부터 실천하고 있는 건가?'

황병준 기자.

인터뷰한 지 얼마나 됐다고 아예 태웅을 그림자처럼 따라다니며 찍어대고 있는 것 같았다.

"그래도 기사가 많이 포장됐네. 사실 이거 폭행죄로 문제될 뻔했잖아?"

경찰서에 가서 조사를 받은 결과 김샛별이라는 남자에게 위협을 당한 것처럼 보이던 여대생이 실은 정말 그냥 부딪쳐서 넘어졌다는 게 사실로 드러났다.

남자가 태웅을 가해자로 고소하면 곤란해질 상황이었지만, 의외로 상대방은 담담하게 '난 그냥 패배자일 뿐, 사나이가 고소는 무슨' 하면서 홀연히 일어나 경찰서를 나갔다고 했다.

'정말 기분 나쁜 놈이야. 그래도 본때를 보여줬으니 또 태선이 앞에 나타나진 않겠지?'

태선은 그에게 명성대학교 출입 금지령을 내렸다.

시선을 한 몸에 받아 부담스럽기 짝이 없는 데다 학교에서 그런 활극까지 벌였으니 어지간히 싫을 것 같았다.

"정 걱정되면 내가 보디가드 할게."

홍구의 말에 태웅은 반가운 한편으로 그가 불쌍하게 느껴졌다.

몇 번의 영화 캐스팅이 불발된 후 다소 의기소침해져 있는 것 같았다.

"그래주면 정말 고맙지."

홍구도 나름 한 덩치 하는 데다 스턴트맨으로 다져진 힘이 있으니 그가 동생을 가드해 준다면 안심이 될 것 같았다.

*　　　　*　　　　*

'우상'의 오디션이 치러질 여의도의 한 스튜디오.

그래도 나름 이름을 알리고 있는 태웅이었지만 아직 신인 배우인 데다 워낙 쟁쟁한 영화이니만큼 감독에게 직접 오디션을 봐야 했다.

그가 노리고 있는 배역인 천재 음악 프로듀서 '휘빈' 역은 쟁쟁한 배우들이 탐내고 있다고 했다.

감독 역시 신중히 배역을 맡을 배우를 고르고 있다는 소문이 있었는데, 심지어 이미 한 번 확정됐다가 취소가 됐다고 한다.

'그러고 보니 그때 오디션을 봤었지. 아직까지도 영화 제작에 못 들어가고 있다니… 무슨 문제가 있는지 알아봐야겠다.'

그의 눈에 흥행작을 연달아 터뜨리며 충무로 최고의 인기 감독으로 급부상한 감독 고화영의 모습이 보였다.

잠깐 봤는데도 이상하게 초췌하고 낯빛이 좋지 않았다.

'뭐야? 얼굴이 왜 저래? 다 죽어가는 사람처럼…….'

태웅은 이 잘나가는 감독에게 뭔가 심각한 문제가 있다는 것을 알아차렸다.

S# 5
상업 영화 우상

고화영의 얼굴은 무슨 고민이 있나 싶을 정도로 좋지 않았
다.

'우상'의 제작사인 프리존필름 사무실은 땅값이 비쌀 것 같
은 여의도 한복판에 위치했는데 연습실 겸 오디션 현장도 바
로 아래층에 구비되어 있었다.

본격적인 오디션 전에 제작사 사무실에서 태웅은 고화영
감독과 사전 미팅을 나눴다.

"김태웅 씨 연기는 잘 봤어요. 코미디 연기를 주로 했지만
액션이나 멜로도 충분히 소화할 수 있겠더군요."

"감사합니다."

"그런데 우상은 누아르에 미스터리 성격이 강해요. 심리를 표현하는 내면 연기도 중요하고요. 어떻게 잘 소화할 수 있겠어요?"

"어떤 장르든 자신 있습니다. 이 영화에 제 영혼을 갈아 넣을 수도 있습니다."

"각오가 좋네. 그럼 한번 가봅시다."

초고를 토대로 한 우상의 스토리는 다음과 같다.

성공 가도를 달리고 있는 엔터테인먼트 사업가이자 승승장구하는 격투가이기도 한 주인공 수현.

완벽에 가까운 외모와 유능한 경영 능력, 그리고 카리스마 있는 격투가라는 이미지가 어우러져 세간의 주목을 받으며 수시로 포털 사이트 메인을 장식하는 화제의 인물이다.

한때 언론의 주목을 독차지한 천재 프로듀서였지만 지금은 한물갔다는 평을 듣고 있는 휘빈은 자신보다 화려한 광채를 받으며 시대의 아이콘이 되어가는 수현에게 질투와 동시에 참을 수 없는 동경심을 느낀다.

음악대상 수상식조차 관객으로 참석한 수현에게 스포트라이트가 향하자 그를 증오하는 한편, 그의 모든 면을 닮고 싶은 마음에 미행까지 하며 사생활을 낱낱이 파헤치려 한다.

그 와중에 그는 수현이 어둠의 세계에 몸을 담고 있다는 사실을 알게 되고, 비밀을 추적하던 중 의문의 남자에게 습격을 받고 살인을 저지르게 된다.

 사람을 죽이는 장면을 수현에게 발각당하게 되고, 도리어 그에게 협박당하는 처지에 놓인다.

 수현은 사실 베일에 싸인 글로벌 조직 '일리야 신디게이트'의 일원으로, 대한민국 최대의 조직 '구상파'를 무너뜨리기 위해 한국에 침투한 인물.

 구상파의 넘버2는 휘빈의 배다른 형 진구로, 수현은 그 사실을 알고 휘빈에게 자신과 손을 잡을 것을 제의하는데…….

 자칫하면 난해하기만 할 수도 있는 스토리를 능숙한 완급 조절과 매력 있는 캐릭터 설정, 그리고 직관적인 구성으로 흡입력 있게 뽑아낸 세련된 상업 누아르 영화였다.

 천재 프로듀서 '휘빈' 역할은 사실상 극 중에서 수현, 진구와 더불어 한 축을 담당하는 중요한 배역이다.

 그렇기에 수많은 배우들이 탐내는 역할이었지만, 운 좋게도 아직 확정되지 않은 것이다.

 출연한 전작이 트렌디 드라마인 데다 맡은 배역은 개그 캐릭터, 그리고 신인 배우라는 세 가지 단점을 갖추고 있는 태웅으로서는 사실 캐스팅 경쟁에서 밀릴 가능성이 높았다.

그럼에도 일단 캐스팅 후보 중 하나로 발탁되었다는 것은 그래도 감독이 그를 좋게 보았다는 뜻이리라.

　바로 오디션 현장으로 이동한 태웅은 자신 말고도 다른 배우 몇몇이 기다리고 있는 것을 보았다.

　나름 필모그래피를 꽤 쌓은 배우들도 있어서인지 제법 넓은 공간이 꽉 차 보였다.

　"우와, 경쟁자들이 쟁쟁한데? 듣던 바로는 강창구도 물망에 있다던데."

　"걔는 아직 짬밥이 안 되잖아. 그리고 연기력도 덜 여물었고. 우리 태웅이 정돈 돼야지."

　사실 표면적으로 보자면 태웅의 연기 경력은 강창구에 비해 도리어 적었다.

　만약 캐스팅 후보로 같이 현장에 왔다면 꽤 강력한 경쟁 상대가 됐을 것이다.

　"근데… 이거 태웅이한테 미안해 죽겠네. 빨리 코디하고 스타일리스트 영입해야겠다. 우리만 이게 뭐냐?"

　이미 다른 배우들이 옆에 주렁주렁 매달고 있는 인원을 보며 윤철은 민망한 표정을 지었다.

　배우의 스타일을 책임져 주는 코디와 메이크업 담당자들이 붙어서 그들의 외모를 밝고 빛나게 해주고 있었다.

　그에 비해 이쪽은 시꺼먼 남자 둘만 붙어 있으니……

하지만 태웅은 딱히 그런 것에 신경 쓰지 않았다.

어차피 오디션이나 캐스팅은 누가 강렬한 인상을 주느냐에 따라 달라진다.

외모와 옷으로 커버한다 한들 결정적인 것은 배우의 매력이다.

연기력도 중요하지만 사실 매력보다 더 큰 요소는 없다.

그는 그 부분에 있어 누구보다도 어필할 자신이 있었다.

하지만 윤철의 미안해하는 기색을 보니 조치를 취해야겠다는 생각이 들었다.

"나야 가만있어도 빛나는 타입이니 저런 거 없어도 돼. 잠깐 화장실 좀 갔다 올게."

화장실로 이동한 태웅은 거울을 보고 얼굴을 곰곰이 뜯어본 후 메뉴를 소환했다.

'외모 커스터마이징' 메뉴로 이동한 그는 현재 전생의 10퍼센트 수준인 외모의 업그레이드를 실행할 때가 되었다고 느꼈다.

어차피 이제 본격적인 정극 배우의 길에 들어선 이상, 배역을 따내는 데 있어 부족한 외모라면 개선해야겠다는 생각이 들었다.

'단번에 20퍼센트 정도 올려볼까?'

[외모를 30퍼센트로 업그레이드합니다.]

[총 60의 라이프 포인트가 소모됩니다.]

[시스템 보정 효과로 인해 주위 사람들은 외모 변화에 대해 큰 위화감을 느끼지 않습니다.]

[외모 업그레이드로 인한 추가 효과가 부여됩니다.]

[추가 효과 '조각 같은 턱선'을 획득합니다.]

[업그레이드하시겠습니까?]

'호오, 추가 효과? 이건 꽤 쓸모가 있겠는걸.'

마침 '휘빈' 역과 잘 어울리지 않는 듯한 둥그스름한 얼굴형 때문에 고민이던 그는 반색하며 지체 없이 황금 같은 포인트 60을 소모했다.

번쩍!

그의 몸 주변이 희미한 푸른빛으로 일렁거렸고, 온몸에 퍼지는 싸늘한 고통과 더불어 눈앞이 캄캄해졌다가 다시 밝아졌다.

'흐음, 겨우 30퍼센트로도 이 정도인가?'

거울에 비친 자신의 모습을 본 태웅은 절로 고개를 치켜들 수밖에 없었다.

종이를 대면 잘릴 것 같은 예리한 턱선과 갸름해진 얼굴, 그리고 은은하게 풍기던 깊은 흡입력이 한층 더 짙어졌다.

그윽해진 눈빛과 비율 잡힌 몸, 한층 뽀얗게 변한 피부 또한 예전과 다르게 귀티가 났다.

'키는 180 정도인가?'

170 중반에 머물던 키도 자랐다.

원래 190에 육박하던 전생에 비하면 아직 한참 모자랐지만, 그래도 이 정도면 이전의 태웅에 비해 환골탈태 수준이다.

'애들이 놀라겠군.'

화장실을 나와 오디션장을 가로지르는 그에게 예전과 다른 시선이 쏟아졌다.

"뭐야? 아까 그 사람 맞아?"

"그러게. 처음 봤을 땐 몰랐는데 느낌이 장난이 아닌데? 걔 그 전문 배우인 줄 알았는데……."

"코디가 좋은 건가, 메이크업을 잘한 건가? 실력이 엄청난 스태프를 데리고 다니나 봐."

"그런데 저 사람, 매니저랑 대표만 같이 온 것 같은데?"

사람들의 수군거림을 들으며 태웅은 내심 웃음이 나왔다.

'겨우 이 정도 가지고 시끄럽긴.'

시스템의 보정 효과로 인해 다행히 사람들은 그의 외모 변화에 큰 위화감을 느끼지 않는 것 같았다.

100퍼센트가 된다면 대체 어떤 반응일지 예상이 갔다.

세계에서 가장 아름다운 남자들이 모여 있다는 할리우드

도 가볍게 씹어 먹던 라이더 베스의 외모는 역대 그 누구와도 비교 불가 수준이었다.

만약 그 단계까지 간다면 얼굴만으로도 백 퍼센트 캐스팅 합격이 되는 수준이라 새로운 삶을 즐기고자 하는 태웅은 설령 포인트의 여유가 되더라도 그렇게까지 할 생각은 없었다.

[미션: '우상'의 캐스팅 오디션에 합격하세요.]
[달성할 경우 연계된 미션이 이어 열립니다.]

마침 적절한 때에 미션이 뜨자 태웅은 안도의 한숨을 내쉬었다.

그렇잖아도 최근 적지 않은 포인트를 소모했기에 미션 달성이 필요한 시점이었다.

'꼭 합격해 주지. 그런데 이 영화, 왠지 이상하게 인연이 깊군.'

태웅의 몸으로 이 영화 첫 오디션을 봤고, 그간 꾸준히 소식을 들어왔다.

그리고 결국 꽤 시간이 흘러 재차 캐스팅 후보로 오디션을 보게 되었으니 이만하면 우상에 출연하는 것은 운명인지도 모른다.

　　　　*　　　　　*　　　　　*

　"슬슬 준비되었으면 갑시다!"

　고화영 감독은 물론이고 제작사 대표까지 나와서 오디션을
지켜보고 있었다.

　사실 휘빈의 시점에서 진행되는 영화라고도 할 수 있기에
어느 배우가 캐스팅되느냐에 따라 영화의 성격이 확 달라질
것이다.

　본래 태웅을 처음 봤을 때 연기력과 가능성에 대해선 기대
하고 있었지만 외모나 경력 면에서는 다소 미흡한 감이 있었
다.

　현재 고화영의 마음속에 있는 캐스팅 1순위는 꾸준한 조역
으로 경력을 쌓아온 배우 최후성이었다.

　일일 연속극에 우유부단한 부잣집 아들, 실장님, 의사 등의
역할을 주로 맡아왔고, 최근에는 영화에도 출연해 악역을 훌
륭히 소화하며 제2의 전성기를 맞은 서른한 살의 배우이다.

　하지만 이미지 소비가 많이 된 데다 휘빈 역을 맡기에는 다
소 나이가 많다는 단점이 있었다.

　'강창구가 한다고 했으면 좋았을 텐데… 지금으로서는 딱히
특출 난 얼굴은 안 보이는구나.'

　본래는 충무로에서 이미 정상급 배우로 올라선 꽃미남 스

타 강규환을 쓰려고 했다.

하지만 그는 휘빈 역보다는 휘빈의 배다른 형이자 한국 최대 조직 구상파의 넘버2 진구 역할에 욕심을 냈다.

꽃미남 이미지를 벗어나 선 굵은 배역을 통해 연기파 배우로 필모그래피를 쌓으려는 강규환의 속셈이다.

그래서 그다음으로 떠올린 것이 신예이자 이슈몰이를 할 수 있는 강창구였다.

아이돌 출신인 데다 연기파 배우로 대성할 가능성이 돋보이는 강창구라면 휘빈의 역할에 가장 잘 어울릴 것이다.

그는 천편일률적인 아이돌 스타의 느낌이 아닌, 배우의 얼굴을 한 인재였다.

하지만 뜻밖에도 소속사에서 거절의 뜻을 내비쳤다.

아마도 영화가 현재 겪고 있는 여러 가지 문제점을 소속사 관계자가 눈치챈 듯했다.

'너무 아깝다. 여기에는 적합한 배우가 없어. 뭐, 봐야 알긴 하겠다만……'

오디션을 볼 장면은 바로 휘빈이 첫 살인을 저지르는 신이다.

절대적인 카리스마를 지닌 주인공 수현을 동경하여 미행하던 휘빈은 그가 뒷골목에서 누군가와 접선하는 장면을 목격하게 되고, 이를 몰래 핸드폰으로 찍던 중 갑작스러운 습격을 받는다.

자신을 죽이려 하는 남자와 싸운 끝에 실수로 그를 죽이고 마는데, 이 광경을 수현이 보고 만다.

피로 물든 두 손과 사람을 죽이는 모습을 목격한 자신의 우상을 번갈아 바라보며 웃는 듯 오열하는 장면이 바로 이 신의 핵심이었다.

'꽤 까다로운 연기네.'

휘빈이라는 캐릭터 자체가 소화하기 만만치 않았다.

하지만 배우로서는 욕심이 나는 배역이기도 하다.

경우에 따라서는 다른 두 주역을 압도하는 존재감을 뿜어낼 수도 있었다.

물론 그만한 연기력이 뒷받침돼야 하겠지만 말이다.

"안녕하세요. 최후성입니다. 이번에 우상에 꼭 출연하고 싶어 지원하게 되었습니다."

자신감 있는 얼굴로 나선 최후성이 눈앞에 있는 감독과 기타 관계자들을 보며 말했다.

"이 친구가 가장 낫긴 한 것 같은데, 너무 약하지?"

제작사 대표가 고화영에게 작게 속삭였다.

"일단 다 보고 판단하죠. 오늘 뉴 페이스가 많이 있으니까요."

"이제 더 뜸 못 들여. 투자사들이 이번 달 안으로 크랭크인 안 하면 가만있지 않을 거야. 무슨 뜻인지 알겠어?"

지나치게 많은 투자를 받았다는 사실은 축복이자 한편으로는 무거운 족쇄이기도 했다.

영화가 어그러질 경우 앞으로 이 바닥에서 밥벌이하기 힘들 정도의 낙인이 찍힐 것이다.

무거운 부담감 외에도 그를 괴롭히는 것은 바로 그의 목덜미를 죄고 있는 협박이었다.

자칫하면 충무로에서 잘나가는 감독인 그도 한순간에 나락으로 떨어지고 비참한 최후를 맞게 될 수도 있다.

무겁게 엄습해 오는 불안감을 떨쳐내려 그는 힘껏 고개를 저었다.

'집중하자. 어떻게든 빨리 촬영 들어가서 성공작을 뽑아내야 해.'

＊   ＊   ＊

태웅은 자신의 차례가 되었음을 알고서 심호흡을 하고 일어섰다.

앞서 오디션을 보고 있을 배우들의 연기는 TV나 스크린에서 본 적이 있었다.

다들 안정적이고 오랜 기간 쌓아온 내공이 느껴지는 배우들이었다.

하지만 안심할 수 있었다.

그들에게는 그가 가지고 있는 특별한 '무엇'이 없었다.

그것은 똑같은 능력, 똑같은 조건이라고 하더라도 스타가 되고 말고를 판가름하는 결정적인 요소였다.

'부디 감독이나 제작자가 안목이 있어야 할 텐데. 안 그러면 좋은 영화를 놓치고 말 거야.'

그는 우상의 제작진이 제대로 된 눈을 가지고 있기를 마음속으로 빌었다.

고화영 감독 앞에 선 태웅은 차분한 태도로 정면을 바라보았다.

그를 본 고화영은 뭔가 이상한 기분에 고개를 갸웃했다.

'뭐지? 아까 본 그 사람이랑 같은 사람인가?'

잠깐 사이였음에도 외모가 눈에 띄게 달라져 있었다.

단순히 준수해진 것을 떠나 뭔가 알 수 없는 아우라가 풍겨 나왔다.

게다가 다소 살집이 있고 둥글둥글하다고 생각한 얼굴형마저도 날카롭게 벼려져 극 중 휘빈의 날카로운 이미지와 잘 들어맞는 느낌이다.

"안녕하세요. 김태웅입니다. 최근 NVC 드라마 '청춘은 맛있어!'에 출연했습니다. 잘 부탁드리겠습니다."

깔끔하면서도 담백한 소개였다.

배역을 따내기 위해 굽실거린다거나 눈치를 보는 것 같지도 않았다.

자신을 과장해서 설명하거나 포장하지도 않았다.

이제 갓 영화에 도전하는 신인 배우라기보다는 관록 있는 기성 배우 같은 느낌이다.

"드라마에서 보던 것과 많이 다른데요? 실물이 훨씬 낫네요, 태웅 씨는."

제작자가 의외라는 듯 감탄하며 말했다.

"감사합니다."

'하지만 배우는 스크린에서 더 빛이 나야 하지. 그러니까 이건 칭찬이 아니야.'

고화영은 아직 그의 기량에 대해 반신반의하고 있었다.

단시간에 확 바뀐 분위기도 코디나 메이크업의 힘일 수 있다.

"그럼 보여주세요."

고화영의 말에 태웅은 잠시 눈을 감았다가 떴다.

초고이긴 했지만 시나리오상의 휘빈 캐릭터에 대한 숙지는 이미 완벽하게 끝난 상태였다.

＊   ＊   ＊

"으아아아아!"

휘빈이 처음으로 사람을 죽이는 신.

그는 자신을 습격해 온 상대를 향해 마구 주먹을 휘두른다.

어느 순간 그는 주먹을 멈추고 상대의 멱살을 잡고 흔든다.

경악으로 물드는 휘빈의 얼굴.

처음으로 사람을 죽였다는 사실을 확인하곤 어쩔 줄 몰라 한다.

대사도 없이 오직 표정과 몸짓으로만 표현해야 하는 감정.

상대역을 해줄 배우가 없기 때문에 팬터마임을 하듯 상대를 연상하며 연기해야 한다.

전전긍긍하며 주먹을 이빨로 깨무는 태웅의 연기에 오디션장에 정적이 흘렀다.

고화영 역시 그의 연기를 홀린 듯이 바라보고 있었다.

'제법인데?'

문득 고개를 든 휘빈.

자신이 살인을 저지르는 광경을 목격한 수현을 보고 얼어 붙는다.

당혹감과 불안, 두려움, 동경 등 온갖 감정이 섞여 그는 마치 넋이 나간 듯한 묘한 미소를 짓는다.

배역에 완전히 빙의한 듯한 태웅의 연기에 고화영은 순간 얼이 빠지고 말았다.

아직 찍지도 않은 장면이 눈앞에서 고스란히 재생되고 있었다.

평범하고 착한 대학생 같아 보이던 태웅의 얼굴에서 위험한 살기가 스멀스멀 흘러나온다.

아무런 개성 없는 풍경화 같던 그가 지금은 피카소의 현학적 그림처럼 입체적인 존재로 다가왔다.

"안녕하세요, 수현 씨. 처음 뵙겠습니다."

오랫동안 동경해 오던 우상 수현을 넋 나간 얼굴로 바라보는 휘빈.

그의 마음속에서 커져가는 감정은 자신의 크나큰 비밀을 알게 된 상대에게 느끼는 친근감이다.

휘빈의 마지막 대사를 담담하게 내뱉는 태웅의 모습에 고화영은 그만 소름이 돋아 의자에서 일어나고 말았다.

지나치지도, 모자라지도 않은 적정 수준의 절제.

폭발할 듯한 감정을 내면으로 갈무리하며 예상 못 한 미소를 짓고 대사를 치는 능력까지.

'거대한 재능이다! 틀림없어!'

*   *   *

"정말 저 친구로 갈 거야?"

프리존필름의 대표 조만수가 복잡한 심경을 담아 질문했다.

"물론이죠. 대표님도 보셨잖습니까?"

"봤지."

"별롭니까?"

"아니. 쩔어. 아주 끝내줘."

"그런데 뭐가 문젭니까?"

"투자사들이 납득하겠냐 이거지."

"여기까지 와서 무슨 소리예요? 어차피 배우들이 고사하는 마당인데."

"조금 더 시간을 두고 보는 건 어떨까?"

"왜 자꾸 딴소리를 하세요? 이번에는 반드시 결정해야 된다고 하셔놓고."

"그거야……."

한숨을 내쉰 조만수가 소파에 쓰러지듯 몸을 묻었다.

"그래, 사실 걱정이야. 저 친구가 내막을 알면 과연 출연을 할지 말이야."

고화영은 말문이 막힌 듯 입을 다물고 말았다.

"기획사도 튼튼하고 나름 짬밥도 있다면야 미친 척하고 그 냥 갈 수도 있겠지. 그런데 생 초짜가 과연 얼마나 버틸 수 있을지……."

근심 어린 말에 고화영은 결국 입을 열었다.

"일단 말이나 해보죠. 어차피 숨길 수도 없는 일이니까."

사무실로 자신을 부른 고화영의 표정이 묘한 것을 태웅은 단번에 눈치챘다.

이곳에 불렀다는 것은 그의 예감대로 캐스팅이 확정되었다 는 사실을 말하려는 것일 텐데 분위기가 왜 이럴까?

"우선 김태웅 씨, 오늘 오디션 잘 봤습니다."

"감사합니다."

"여기 부른 것은 김태웅 씨가 캐스팅 후보 1순위라는 것을 말해주기 위해서예요."

"그럼 확정이 된 건가요?"

캐스팅이면 캐스팅이지 후보 1순위는 뭔 소리란 말인가?

태웅의 질문에 고화영은 잠시 뜸을 들이다 입을 열었다.

"그건 태웅 씨가 결정할 일입니다. 지금부터 내가 하는 말을 듣고 진지하게 한번 생각해 보세요."

오디션을 보러 온 사람에게 아예 선택권을 넘기고 있다.

이게 바로 윤철이 말한 우상의 '문제'일까?

태웅은 조용히 그가 말을 꺼내길 기다렸다.

"우상의 시나리오가 어떻던가요?"

"아주 좋았습니다. 첫 장을 펼치고 나서 다 읽을 때까지 손에서 놓지 못할 정도였어요."

"초고 말이죠?"

"네, 최종 시나리오는 제공을 안 해주셨더라고요. 그렇잖아도 물어보려고 했는데……."

"계속 바뀌었기 때문입니다. 물론 지금은 확정된 상태고요."

"다행이네요."

"우상의 시나리오를 쓴 작가는 바로 최수빈이라는 사람입니다."

"감독님이 쓴 게 아니군요?"

"그래요. 그리고 그 최수빈 씨는 바로 우리 영화의 투자사인 사마리아인베스트먼트의 대표이기도 하죠."

"…네?"

투자사 대표가 시나리오를 썼다?

너무 특이한 경우라서 태웅은 자신도 모르게 반문했다.

"우리 영화는 사실 꽤 오래전에 기획되었는데 이제야 촬영에 들어갑니다. 제작비가 부족한 것도 아니고 화제성이 없는 것도 아닌데 말이죠. 그 이유가 뭘까요?"

"글쎄요… 캐스팅에 난항을 겪어서인가요?"

"반은 맞습니다. 그것도 가장 문제가 바로 태웅 씨가 맡게 되는 '휘빈' 역할이죠."

"왜요?"

고화영은 마치 대나무 숲에서 '임금님 귀는 당나귀 귀'라고 외친 사람처럼 복잡한 표정으로 한숨을 내쉬었다.

"투자사 대표, 그러니까 시나리오 작가가 '휘빈' 역할에 대해 아주 예민합니다. 그리고 터치도 많아요. 아마 캐스팅이 확정되면 태웅 씨가 가장 먼저 만나야 할 사람은 바로 그분이 될 겁니다."

"큰 문제는 아니군요."

"…그래요?"

태웅은 반문하는 고화영에게 자신감 있는 태도로 말했다.

"물론입니다. 어차피 배우가 여기저기 간섭을 받는 게 드문 일도 아니고요. 그리고 다른 사람도 아니고 시나리오 작가에다가 투자사 대표인 분이 터치한다는 건 충분히 있을 수 있는 일이니까요."

드라마 업계와 달리 영화 쪽에서는 시나리오 작가의 힘이 그렇게 크지 않았다.

하지만 이 경우는 이야기가 다른 것이, 작가가 투자사 대표인 것이다.

그렇다는 것은 영화에 욕심이 크다는 것이고, 자기 마음대로 하고 싶다는 강렬한 욕구의 투영이다.

보통 이런 경우 영화가 엉망이 되게 마련이다.

자신의 전문 영역이 아닌데도 제작자나 투자자가 이런저런 간섭을 하려고 들 경우 필연적으로 작품은 망가진다.

하지만 태웅이 본 우상의 시나리오는 대단히 훌륭했다.

그런 대본은 영화를 모르는 사람은 절대로 쓸 수 없었다.

"만약 태웅 씨가 배역을 맡겠다면 그분을 먼저 만나야 합니다. 그리고 그분이 오케이를 해야 하죠. 어떻게, 가능하겠어요?"

고화영의 조심스러운 질문에 태웅은 더 생각해 볼 것도 없다는 듯 고개를 끄덕였다.

"물론입니다. 언제든 가능합니다."

"좋아요. 그럼 하는 걸로 알고 있을게요. 내일 중으로 연락드릴 테니 스케줄 잡으시면 되고 딱히 준비할 건 없습니다."

태웅이 사무실을 나간 후, 가만히 지켜보기만 하던 조만수가 입을 열었다.

"왜 다 얘기 안 했어?"

"했는데요."

"뭔 소리야? 이유가 단지 그게 다가 아니잖아?"

"우린 거기까지만 얘기하면 됩니다. 나머지는 배우와 상관없는 얘기예요."

조만수가 나직하게 혀를 찼다.

"하긴, 그건 대표를 견딘 다음에 생길 문제이긴 하지. 하지만 만약 그 사람의 등쌀을 견디면 어떻게 할 건데?"

"그건 본인 선택입니다. 우리처럼요."

"그 정도가 아닐 텐데……."

고화영은 조만수의 우려를 귓등으로 흘려들었다.

그도 다 말해 버리고 싶었다.

하지만 그건 자기 영역이 아니었다.

그는 감독으로서 영화를 찍게 될 배우가 직면할 첫 번째 허들을 말해주는 것으로 자기 몫은 다 했다고 생각했다.

그걸 견뎌낸 사람이 지금까지는 없으니까 말이다.

'김태웅… 부디 처음부터 걸려 넘어지지 않았으면 좋겠다. 이 정도 배우를 찾는 건 쉽지 않아.'

순수하게 감독의 입장에서 그만한 배우를 만난다는 것은 흔치 않은 일이었다.

만약 영화 촬영이 무사히 진행되고 극장에 걸릴 수만 있다면 김태웅이 영화제에서 상 하나쯤 거머쥐는 것은 일도 아니리라.

게다가 단숨에 충무로의 핫 아이콘으로 등극할 수도 있었다.

그는 진심으로 이러한 기대가 망상으로만 끝나지 않길 빌었다.

                    *   *   *

"분명 뭔가가 더 있어."

태웅의 말을 전해 들은 윤철은 꺼림칙한 기분에 사로잡혔다.

아무래도 영화 쪽에는 마가 낀 건가?

한 배역을 유독 집착하는 시나리오 작가.

그리고 그 작가가 투자사 대표라는 것은 흔하게 접할 수 있는 상황이 아니다.

이런 경우 대부분 결말이 좋지 않았다.

"관둘 생각은 없는 거지?"

조심스럽게 물었지만 태웅은 단번에 고개를 저었다.

"물론이지. 오히려 난 이 영화를 꼭 해야겠어."

태웅 역시 감독과 제작자의 눈치가 이상하다는 것은 금방 알아차릴 수 있었다.

분명 다 얘기하지 않은 뭔가가 있었다.

그 사실이 태웅의 구미를 확 끌어당겼다.

일단 그 최수빈이라는 사람을 만난다면 대충 가닥이 잡힐 것 같기도 했다.

할리우드에서도 이런 일은 비일비재했다.

그때마다 그는 손 놓고 강 건너 불구경하기보다는 직접 부딪쳐서 문제를 해결하는 쪽을 택했다.

그로 인해 수많은 영화 현장의 작업 환경이 개선되었고, 망할 뻔한 영화는 제대로 굴러가 흥행에 성공했다.

우상은 그냥 무너지기에는 너무나 안타까운 작품이었다.

잘나가는 감독 고화영이 빛나는 감각으로 쓴 시나리오인 줄 알았는데 다른 사람이 썼다는 것도 그의 흥미를 자극했다.

그는 왜 이런 시나리오를 썼고, 왜 휘빈 캐릭터에 집착하는 걸까?

'만나보면 알겠지. 뭐가 진짜 문제인지…….'

*　　　　　*　　　　　*

강남의 한 대로변.

지하철 출구에서 한참 더 걸어가야 있는 동물 병원 앞에 선 태웅은 어느새 서늘해진 날씨 탓에 옷깃을 여몄다.

'이런 곳에서 만나자고 하다니, 이상하기 짝이 없는 인간이네.'

자기 집으로 오라고 한 것도 사무실이나 커피숍에서 만나자고 한 것도 아니다.

"기다리고 계시면 제가 직접 픽업하겠습니다. 마침 그 부근을 지나갈 일이 있거든요."

벌건 대낮에 그가 지정한 장소에 서서 기다리면 픽업하겠다니…….

도대체 얼마나 바쁘기에 그러는지는 모르겠지만 꼴값이라는 생각이 든다.

'대통령도 이렇겐 안 바쁘겠다. 자식이…….'

불만스럽긴 했지만 한편으로는 어떤 사람인지 궁금증이 일었다.

"김태웅 씨!"

갑자기 차도 가까이 서 있던 그에게 검정색 크라이슬러가 미끄러지듯 다가와 섰다.

열린 창문으로 한 남자의 얼굴이 보였다.

"네, 제가 김태웅 맞습니다만, 혹시……?"

"타시죠. 제가 바로 최수빈입니다."

여자를 방불케 할 정도로 곱상한 얼굴에 정장 차림을 한 남자가 그에게 타라고 눈짓했다.

'투자 회사 대표가 이렇게 젊다니, 금수저라도 되나?'

나이를 짐작할 수 없는, 동안이지만 성숙한 분위기가 흐르는 얼굴이었다.

"마침 태웅 씨 회사가 합정이라고 해서 가는 길에 보고자 이렇게 약속을 잡았습니다."

태웅은 어이가 없었지만 별다른 말 없이 뒷좌석에 올랐다.

차 안은 조명을 극도로 낮춰놓아서 마치 동굴 같은 느낌이었다.

"만나서 반갑네요. 제 소개는 들으셨죠?"

그는 대뜸 태웅에게 명함을 건네며 넥타이를 풀고 옆에 놓인 탄산수를 집었다.

"한 병 하시겠습니까?"

"괜찮습니다. 그런데 질문 하나 해도 되겠습니까?"

"궁금한 게 많으신가 보군요? 뭐든 말씀하시죠."

시원한 말이었지만 왠지 모르게 의뭉스러운 표정이다.

"'우상'의 정체가 뭡니까?"

태웅의 질문에 최수빈은 영문을 모르겠다는 듯 고개를 기우뚱했다.

"질문이 너무 광범위한 것 같습니다만……."

"이상한 게 한두 가지가 아닙니다. 오래전부터 기획된 프로젝트 같은데 아직도 촬영에 못 들어갔고, 시나리오도 뒤엎었고, 캐스팅도 난항이더군요. 이만한 대작 영화가 말이죠."

"그거야 영화계에선 흔한 일입니다. 촬영이 늦춰지고, 시나리오를 뒤엎고, 캐스팅에 골치 썩는 거요. 하하하!"

그는 태연하게 웃으며 탄산수를 입으로 가져갔다.

"제 느낌엔 그게 다가 아닌 것 같습니다만."

태웅의 말에 최수빈이 천천히 고개를 저었다.

"감이란 건 믿을 게 못 됩니다. 하지만 태웅 씨가 느낀 의문의 대부분은 그럴 만하죠. 그래서 선택할 기회를 드리죠."

"선택할 기회요?"

"그래요. 영화 '매트릭스' 봤죠? 거기에서 모피어스가 네오에게 두 가지 알약을 주면서 선택하라고 하죠. 진실을 알고 싶은지, 아니면 싹 다 잊고 살지에 대한 선택이요. 난 그 장면을 아주 좋아해요. 그래서 이렇게 차에서 미팅하는 걸 좋아하죠."

'정말 희한한 새끼네.'

왜 굳이 이런 식으로 만나나 했더니 영화를 따라 한 것에 불과하다는 사실에 태웅은 열이 받았다.

바쁜 사람을 강남 한복판에 세워놓고 뭐 하는 짓이란 말인가?

"당연히 사실을 알고 싶은데요."

"좋아요. 피차 바쁘니까 빨리 얘기하죠."

최수빈은 눈빛을 달리하며 말했다.

"'우상'의 이야기는 실화예요. 정확히 말하면 실화를 기반으로 했죠."

"으잉?"

"이 영화에 계속 문제가 생기는 것은 외부의 태클이 들어오기 때문이죠. 그게 누구냐면 바로 영화 속에 나오는 '구상파'의 모티브가 된 '칠상파'입니다."

어디선가 들어본 것 같은 이름에 태웅은 열심히 기억을 더듬어보았다.

하지만 최수빈은 그가 생각할 시간을 주지 않고 계속 설명을 이어갔다.

그러니까 '우상'의 문제는 실제 사건을 모티브로 했다는 것, 그리고 그 대상이 대한민국에서 막강한 힘을 가진 조직이라는 점이었다.

"물론 우리 영화는 조폭 미화 영화가 아닙니다. 오히려 조폭을 엿 먹이는 영화라고나 할까요? 영화에서 구상파가 벌이는 범죄의 대부분은 실제 칠상파의 소행이죠. 아마 개봉하고 화제가 되면 경찰 조사도 꽤나 받을 겁니다. 그런데 몇 달 전에 시나리오가 유출되는 바람에 그때부터 태클이 들어오기 시작했어요. 고화영 감독님을 포함해 협박도 당하고 의문의 사고도 몇 번 터졌죠. 그렇다고 뭐 누가 죽거나 한 건 아니지만."

그래서 감독의 안색이 그렇게 거무튀튀하니 다 죽어가는 환자 모양이었나 보다.

"시나리오를 유출한 범인을 찾았는데 원래 휘빈 역할로 캐스팅된 배우 김두현이었습니다. 알고 보니 칠상파 출신 업계 관계자와 돈독한 사이더군요. 그 친구 때문에 배우 여럿이 덩달아 빠졌어요. 그래서 시나리오를 수정하고, 캐스팅을 다시 하느라고 시간이 꽤 걸린 거죠. 됐습니까?"

그의 말에 따르면 감독은 물론이고 출연 배우, 스태프까지도 위험해질 수 있다는 것이다.

하지만 태웅은 그 사실에 도리어 흥미가 샘솟았다.

"무척 흥미로운 일이네요. 그런데 대표님은 왜, 아니, 어떻게 그런 시나리오를 쓰신 거죠?"

그 말에 거침없던 최수빈의 표정이 잠시 흔들렸다가 다시 원래대로 돌아왔다.

"그거야 내막을 잘 아는 사람이니까요. 칠상파에 대한 개인적인 원한도 있습니다만, 사회 정의 구현을 하고 싶다고나 할까요?"

'지가 무슨 배트맨도 아니고……'

예리한 두뇌를 풀가동하여 여러 가지 가능성을 생각해 본 태웅은 짐작 가는 데가 있어 입을 열었다.

"혹시 시나리오상의 수현이 대표님입니까?"

태웅의 말에 그는 한숨을 내쉬었다.

"정말 예리하군요. 솔직히 다시 봤어요. 처음엔 웬 시트콤 나온 배우가 캐스팅됐나 싶어서 왔는데 말이죠."

조금만 깊이 생각해 본다면 어렵지 않게 예측할 수 있는 일이었다.

우상을 둘러싼 심각한 문제, 그리고 감독과 제작자를 포함한 관계자들의 눈치.

시나리오상에 표현된 잘나가는 젊은 사업가인 주인공 수현.

격투기까지 잘하는지는 모르겠지만 말이다.

"그럼 휘빈은 누굽니까?"

최수빈은 크게 숨을 들이마신 후 천천히 입을 열었다.

"내 이복동생입니다. 지금은 죽었습니다."

"아……!"

이제야 알 것 같았다.

죽었다는 말 외에 부연 설명을 하지 않는 것으로 보아 가만히 앉아 편안하게 죽지는 않았으리라.

아무래도 이 영화, 어지간히 위험한 것 같았다.

"발을 빼고 싶으면 빼도 좋습니다. 원래 여기까지 얘기한 적은 없는데, 태웅 씨는 왠지 다 털어놓고 싶어지는 사람이네요. 다른 배우들은 칠상파를 겨냥하는 영화라는 말까지만 듣고도 대부분 눈빛이 흔들리더군요. 그런 사람들의 대답은 뻔하죠. 하지만 태웅 씨는… 아직 어떤 답을 들을지 모르겠네요."

태웅은 잠시 생각에 잠겼다.

'우상'의 작품성과 흥행성은 확실하다.

실화를 그대로 옮겨냈다고 해서 이야기가 재밌는 것은 아니다.

하지만 이 곱상하게 생긴 투자사 대표는 뜻밖의 재능이 있었다.

바로 시나리오 작가로서의 재능이다.

게다가 한국 최고의 조직이라는 칠상파를 겨냥한 영화를 만들고 투자까지 하려 한다.

보통 깡으로는 할 수 없는 일이었다.

"할게요, 이 영화."

어처구니없을 정도로 시원스러운 대답에 최수빈은 잠시 태웅을 바라보았다.

"일단 고맙습니다. 오늘은 계속 놀라게 되네요. 그런데 칠상파를 동네 양아치들 모인 패거리로 아는 건 아니겠죠? 걔네들 주력 사업이 뭔지 아십니까?"

"뭐죠?"

"엔터테인먼트 사업입니다. 이름만 들으면 알 만한 굵직한 기획사 몇 개를 운영하고 있다고 보면 됩니다."

시대의 흐름에 따라 연예계에서도 조직폭력배의 힘은 많이 약화되었다.

하지만 그렇다고 해서 그들이 완전히 이 바닥에서 사라진 것은 아니었다.

아직도 업계에 상당한 영향력을 가지고 있는 기획사, 프로덕션을 직접 운영하고 있거나 방송국 윗선과 연줄이 닿고 있었다.

지금 흐름이 훤히 드러나는 영화계보다는 가요계를 선호하는 경향이 있지만 그렇다고 해서 한쪽에만 몰빵할 리도 없었다.

"약점을 잡힐 수도 있어요. 스스로 보기에 털어서 먼지 많이 나는 인생을 살아왔다고 생각한다면 역시 빠지는 게 좋을 겁니다. 지금 감독님도 꽤나 협박을 받고 있거든요. 경쟁자들한테 말이죠."

"경쟁자들이라면?"

"다른 기획사나 프로덕션 사람들, 아니면 칠상파를 서포터로 끼고 있는 라이벌 감독들이겠죠? 이를테면 임기환 같은?"

익숙한 이름이 들려오자 순간 태웅의 눈동자가 커졌다.

*　　　　*　　　　*

〈내년 상반기 한국 영화계 최고의 기대작 '우상', 김태웅 출연 확정!〉

김태웅이 우상에 출연한다는 기사에 인터넷에서는 네티즌들 사이에 갑론을박이 오갔다.

대부분 비웃는 댓글이 주를 이뤘다.

—요리사 황갈 주제에 너무 무리하는 거 아니냐. ㅋㅋㅋ 갑자기 웬 누아르?

—역대급 무리수. ㅎㅎㅎ 영화 보다가 웃음 나오면 감독이 책임질 거임?

—칼 잡으면 갑자기 회 썰 것 같아서 망할 듯.

—이번에도 열린 결말이면 진짜 휘발유 들고 제작사 찾아간다. ㅆㅂ

—원래 강창구가 하려고 했다는데 사실이면 아쉽지 않냐? 휘

빈 역은 김태웅보단 강창구지!

개그 캐릭터 '황갈'의 이미지가 강하게 박혀 버린 태웅이 연기 변신을 할 수 있을지에 대해 대체로 회의적인 반응이었다.

하지만 드라마 내내 탁월한 연기력과 캐릭터 해석으로 극을 이끈 만큼 기대하는 시선도 적지 않았다.

극 말미에 보여준 멜로 연기 또한 그의 연기 스펙트럼이 의외로 풍부하다는 사실을 예감케 했다.

        *   *   *

제작 발표회를 앞두고 최근 태웅의 근황 사진이 포털 사이트를 대문짝만 하게 장식했는데, 상당히 달라진 외모 때문인지 성형수술을 한 게 아니냐는 의혹까지 일었다.

"물론 아닙니다. 살을 많이 빼고 자세 교정과 운동, 그리고 헤어스타일을 바꿨어요."

성형수술 후 업계의 매뉴얼과도 같은 답변을 내놓은 태웅의 소속사 실버문 엔터테인먼트는 이후 영화 '우상'과 관련된 모든 질문에 대한 대답을 거부한다고 미리 공표했다.

태웅의 신변을 보호하고 영화를 무사히 촬영하기 위한 조심스러운 움직임이었다.

"정말 괜찮겠냐? 칠상파에 대해서는 나도 들은 게 많아. 이 바닥이 가뜩이나 위험한 업계인데…….."

태웅에게 사정을 들은 윤철은 근심이 가득했다.

하지만 이 자신감 넘치는 배우는 도리어 활력을 찾은 것 같았다.

"재밌어 죽을 지경이다. 그냥 영화 촬영 하면 무슨 재미야? 이런 스릴이 있어야지."

물론 전생에서 겪은 슬럼가의 갱들이나 이탈리아의 마피아, 삼합회 등에 비하면 군소 조직에 불과할 한국 조직이지만, 나름 소소한 재미가 있을 것이다.

[영화 '우상'의 출연이 확정되었습니다.]
[미션: 영화가 무사히 개봉되도록 위험 요소를 제거하세요.]
[추가 미션: 천만 관객을 달성하세요.]
[추가 미션: '휘빈' 역할로 영화제 수상을 노리세요.]
[미션 실패 시 대량의 페널티가 부과됩니다.]

시스템의 메시지가 어느 때보다 기쁘게 들렸다.

나쁜 놈들도 때려잡고, 스타도 되고, 라이프 포인트도 얼는다.

세 마리 토끼를 한 번에 잡을 수 있다는 생각에 그는 마냥 즐겁기만 했다.

*   *   *

'우상'의 제작 발표회에는 기자들이 구름같이 몰려들어 대성황을 이뤘다.

이미 두 번의 제작 발표회가 취소된 후 3개월 만에 다시 열린 제작 발표회이기에 그 화제성은 더욱 컸다.

"이대로 영화가 무산되는 것 아니냐는 소문이 있었는데요, 정말로 제작이 되는 건가요?"

기자의 질문에 고화영이 어깨를 으쓱하며 대답했다.

"물론입니다. 우상은 한국 누아르의 역사를 다시 쓸 작품이 될 겁니다. 최고의 시나리오와 최고의 배우들이 함께하기 때문이죠."

'무리하는구먼.'

태웅은 자신감 있는 척하는 고화영의 모습을 보며 내심 혀를 찼다.

아무런 문제가 없는 영화라면 고화영이 자신감을 가질 법도 하다.

그는 재능 있는 감독이었고, 충분히 지금 '팔리는' 영화를 찍어낼 수 있는 감독이었다.

트렌드를 잘 파악하고 있을 뿐만 아니라 영리하며 대담하기까지 했다.

하지만 사실 고화영은 아직도 이 영화의 연출을 맡아야 할지 말아야 할지에 대해 고민하는 중이었다.

'내가 미쳤지. 애당초 왜 여기에 발을 담가가지고……'

그의 발목을 붙잡은 것은 바로 우상의 시나리오였다.

초고를 봤을 때 그는 마치 벼락을 맞은 것 같은 충격에 휩싸였다.

그가 너무나도 찍고 싶던 이야기가 바로 그 안에 있었다.

생생하게 꿈틀거리며 역동적이면서도 신비한 이야기.

한국이라는 공간이 아닌, 다른 공간에서 벌어지는 듯한 무국적성을 띤 배경.

다양한 복선이 하나로 합쳐지며 폭발하는 치밀하게 계산된 구성력.

그리고 곳곳에 배치된 명대사와 흡입력 있게 전개되는 흥미진진한 스토리.

시나리오를 볼 때만 해도 그는 아무런 걱정이 없었다.

오직 자신의 몸과 마음을 통째로 갈아 이 영화에 혼신의 힘을 쏟아 넣기만 하면 될 일이었다.

하지만 이내 영화 외적으로 수많은 문제들이 덮쳐왔다.

의미를 알 수 없는 협박 메일.

그리고 수시로 걸려왔다가 아무 말 없이 끊어지는 전화.

심지어 그의 집 주변을 어슬렁거리는 괴한까지.

결정적으로 최근 그를 괴롭히는 것은 바로 BH엔터테인먼트 대표 권병철과 그의 절친 임기환 감독이었다.

예전에 도박에 잠시 빠진 고화영은 그들이 주선해 준 대부 업체에서 돈을 빌린 적이 있는데, 그게 지금은 천문학적인 수치로 늘어나 버렸다.

도박 빚을 진 후 권병철과 임기환의 태도가 완전히 돌변했다.

특히 임기환은 아예 대놓고 그의 치부를 언론에 까발리겠다며 협박까지 했다.

불과 몇 주 되지 않은 일이지만, 고화영은 마치 백 년은 시달린 사람처럼 폭삭 늙어버렸다.

태웅은 그 사실까진 모르기에 단지 칠상파의 위협 때문에 고화영의 얼굴에 근심이 가득한 것으로 생각했다.

'그런데 다른 배우들은 용케 출연을 결정했구나. 설마 이 영화의 내막을 모르는 건가?'

극강의 연기력을 바탕으로 국민 배우로 올라선 서른다섯 살의 배우 오영홍이 주인공인 '수현' 역할을 맡았다.

이십 대 초반의 빠른 데뷔 후 꽃미남 배우로 주목받다가 점점 연기력을 인정받으며 이제는 완전히 연기파 배우의 대명사로 불리고 있었다.

히트한 영화만도 무려 열두 개.

출연한 영화 중 천만 관객을 넘은 영화가 다섯 개나 된다.

단역이나 비중 없는 조역으로 출연한 것도 아니고 다섯 개 모두 주연 아니면 주연급 조연이었다.

남자다운 단정한 외모, 중저음의 매력적인 목소리, 그리고 화려한 여성 편력으로도 유명한 배우였다.

사이가 안 좋은 방송 관계자와 주먹다짐을 벌였다거나, 조직에 몸담고 있는 연예계 관계자들과도 호형호제한다는 소문이 있는 걸 보면 칠상파와 관련된 인물들도 오영홍을 함부로 건들 수는 없을 것이다.

'오영홍이라면 내막을 알았다고 해도 굳이 하차할 정도는 아닐 것 같고… 강규환은…….'

강규환의 경우 아직 오영홍만 한 수준에 올라서진 못했지만, 모델 출신으로 나름 개성을 인정받으며 뜨고 있는 핫한 배우였다.

들리는 말로는 친가 쪽에 검사도 있고 소속사도 대기업이 뒤에서 버티고 있는 미담엔터테인먼트로 지원까지 빵빵했다.

'둘 다 그만두지 않은 이유가 있었구나. 이들이라면 칠상파

협박에 굴복할 필요가 없지.'

태웅은 양옆에 앉은 두 배우를 힐끔 쳐다보았다.

이렇게 많은 언론이 모였건만 둘 다 크게 긴장하지 않는 것 같았다.

감독 옆에 있는 여배우 유지니 또한 마찬가지로 당당하게 기자들의 질문에 대답하고 있었다.

"쟁쟁한 남자 배우들을 내세운 누아르 영화에 출연하게 되셨는데요, 각오 한 말씀 해주시죠."

"이런 장르의 영화에 꼭 여자가 들러리 역할만 할 필요는 없다고 생각하고요, 선배님들께 한 수 배우면서 더 멋진 연기를 하기 위해 출연했습니다. 잘 지켜봐 주세요."

그녀는 작년 액션 영화 '미녀, 마녀'에 출연하여 관객 수 400만 명의 흥행을 기록한 경험이 있다.

여자 주인공이 원톱인 액션 영화는 망한다는 공식을 깨고 중박을 친 것은 온전히 그녀의 카리스마와 연기력 때문이라는 평이 지배적이었다.

그래서 많은 사람들은 그녀가 '우상'에서도 강렬한 임팩트를 발휘할 거라고 기대하고 있었다.

"금남일보 기자 우완태입니다. 김태웅 씨의 캐스팅은 상당히 의외였는데요, 그것도 맡은 역할이 상당히 비중 있는 캐릭터라고 들었습니다. 어떤 경위로 캐스팅이 되었는지 궁금하네요."

뉘앙스가 딱히 신사적으로 느껴지지 않는 질문에 고화영이 불편한 듯 입을 열었다.

"적합한 배우 리스트를 선정하고 오디션을 본 결과 최고의 연기를 펼쳤기에 태웅 씨가 휘빈 역에 캐스팅되었습니다. 아마 영화가 개봉되면 모두 태웅 씨의 변신에 깜짝 놀랄 거라고 확신합니다."

"캐스팅에 난항을 겪었다고 들었는데요, 촬영 날짜가 다가와 울며 겨자 먹기로 선정한 것은 아닌가요?"

척 보기에도 영 마음에 들지 않는 눈빛의 기자이다.

마뜩잖은 눈으로 노려보는데, 옆에 앉아 있던 오영홍이 태웅에게 나지막한 목소리로 말했다.

"저 기자, BH엔터랑 친한 기자야. 흥분해서 말려들지 마. 그럼 녀석들만 좋아할 테니까."

칠상파 계열 기획사의 사주를 받았다면 제작 발표회까지 나타나 산통 깨는 질문을 집요하게 던지는 게 이해가 됐다.

물론 태웅은 전혀 흥분할 생각도, 말려들 생각도 없었다.

"많은 배우들이 출연을 원했고, 그중 고르고 고른 배우이니 억측은 삼가주시기 바랍니다."

"이전에 휘빈 역에 캐스팅된 배우가 출연이 취소되었다고 들었습니다. 그 이유를 비밀에 부쳤다고 하는데, 영화에 결점이 있기에 그런 것 아니냐는 말이 많습니다."

단호한 고화영의 말에도 끝까지 물고 늘어지며 기레기 정신을 발휘하는 기자였다.

"단지 서로 방향이 맞지 않았기에 취소되었을 뿐입니다. 다음 기자분에게 질문 받겠습니다."

"하나만 더 하죠. 감독도 바뀐다는 얘기가 있던데, 이렇게 촬영 들어가기도 전부터 잡음이 많아 잘되는 영화를 못 봤습니다. 우상, 과연 성공할 수 있겠습니까?"

자꾸만 무리수를 던지며 성질을 긁는 우완태에게 감독과 배우를 포함한 관계자 모두가 분노했다.

"당연히 성공합니다. 그건 제가 장담할 수 있습니다."

가만히 있던 태웅이 갑자기 던진 한마디에 모든 시선이 그에게로 향했다.

기자들의 플래시가 제작 발표회 현장을 가득 메우는 가운데, 그는 당당하게 입을 열었다.

"이 감독에 이 배우, 그리고 이 시나리오, 성공하지 않을 이유가 없습니다."

"대단한 자신감이군요. 하지만 김태웅 씨가 이 영화의 실패 요소가 될 수도 있지 않을까요?"

다른 기자들까지 눈살을 찌푸릴 만큼 무례한 질문이었다.

하지만 태웅은 고개를 저었다.

"저 때문에 더 성공할 겁니다. 최소 천만 관객은 들지 않을까 합니다."

그의 말에 우완태가 어이가 없다는 듯 피식 웃었다.

"요즘 천만 영화가 많이 나온다곤 하지만 그렇게 쉽진 않을 텐데요."

"됩니다. 내기해도 좋습니다."

태웅의 말에 실내가 술렁거렸다.

"이런 공개적인 자리에서 그런 무책임한 말을 함부로 하면 안 됩니다. 배우는 공인이지 않나요?"

우완태의 말에 태웅은 눈빛으로 만류하는 고화영과 배우들은 아랑곳하지 않고 입을 열었다.

"함부로 말하는 건 우 기자님인 것 같고요, 저는 영화에 대한 자신감을 얘기하는 겁니다.

"그럼 말씀하신 대로 내기하시죠! 어떤 걸 거시겠습니까?"

"천만 관객이 안 들면 저는 누드 화보집을 찍겠습니다. 그리고 그 수익금을 불우 이웃을 위해 전액 기부하겠습니다."

다시 한번 실내가 떠들썩해졌다.

여기저기에서 웃음소리와 환호성이 터져 나왔다.

다소 어두운 표정이던 고화영을 비롯한 영화 관계자들과 배우들마저도 미소를 지을 정도로 일순간 분위기가 반전되어 버렸다.

'이게 아닌데······.'

태웅을 비롯해 우상 측을 엿 먹이려고 하던 우완태는 상황이 엉뚱하게 돌아가자 당황했다.

"그 말 꼭 지키시기 바랍니다. 그런데 김태웅 씨의 누드를 보고 싶어하는 사람이 있을까요?"

"물론입니다. 기자님 빼고 다들 보고 싶을 겁니다. 안 보고 싶어도 좋은 일에 쓰는 거니까 많은 분들이 도와주시지 않을까 합니다."

다시 한번 곳곳에서 웃음이 터졌다.

지켜보고 있던 고화영이 도와주려는 듯 마이크를 들고 한마디 던졌다.

"그럼 김태웅 씨는 그렇다 치고, 기자님은 뭘 거시렵니까?"

"…네?"

"내기란 게 한쪽만 걸 순 없지 않나요? 천만 관객을 넘을 경우 우리 금남일보 우완태 기자님께선 뭘 하시겠냐는 겁니다."

말문이 막힌 우완태가 뻐끔거리는 사이, 태웅이 능청스럽게 말을 이어받았다.

"그건 제가 정해도 될 것 같은데요."

"말씀해 보시죠."

"사실 천만 관객은 제 바람이니 이렇게까지 할 건 없었지만, 기자님께서 내기를 승낙하셨으니 이렇게 하는 게 좋을 것 같습니다. 천만 관객이 넘으면 우리 우완태 기자님께서 봉사 활동을 하시는 겁니다."

"봉사 활동이요?"

"그렇습니다. 제가 기부를 생각하고 있는 나눔 봉사 단체가 있는데, 독거노인이나 기초생활수급자 등 어려운 분들을 위해 연탄 나눔 봉사 활동을 주기적으로 하고 있습니다. 사실 기자님에게 대단한 걸 걸라고 하기도 그렇고, 그냥 좋은 일 하신다는 차원에서 연탄 나눔 봉사 활동 정도를 하시면 좋을 것 같습니다. 혼자 하기 외로우실 것 같으니 저도 같이하죠. 어떻습니까?"

다시 한번 환호성이 터졌다.

가뜩이나 무례한 질문으로 원성을 산 데다 평소 인심이 좋지 않던 우완태인지라 그의 편을 드는 사람은 거의 없었다.

"그, 그건……."

"왜요? 싫으십니까? 그럼 이 내기는 없던 걸로 하겠습니다."

그 말에 사람들의 함성이 터졌다.

"해라! 해라! 해라!"

"우리는 김태웅의 누드집이 보고 싶다! 보고 싶다!"

가뜩이나 죽상이던 우완태의 얼굴이 더욱 구겨졌다.

'에이, 씨발. 이거 완전 좆 됐잖아?'

*　　　　　*　　　　　*

　"정말 속이 다 시원하다. 어떻게 그런 생각을 했냐?"

　제작 발표회를 마치고 돌아가는 차 안에서 홍구가 배꼽을 잡으며 말했다.

　"그냥 즉흥적으로 떠오른 거다."

　"천재네, 천재. 어떻게 그런 굿 아이디어가 훅 떠올라?"

　"그 기자, 완전 똥 씹은 표정이던데. 연탄 나눔 봉사 활동 해봤나 몰라. 진짜 한겨울에 해도 머리부터 발끝까지 땀으로 목욕을 한다니까. 다음 날 허리 아파서 제대로 일어나지도 못해."

　윤철이 자신의 경험담을 얘기하며 핸드폰으로 새로 뜬 기사가 없나 검색했다.

　예상대로 벌써부터 '우상'의 제작 발표회 기사가 서로 경쟁이라도 하듯 뜨고 있었다.

　"푸하하하! 댓글 봐라. 이거 진짜 대박인데?"

　포털 사이트 실시간 검색어 1위를 장악한 '김태웅 누드집' 외에도 '김태웅 천만 관객', '김태웅 제작 발표회' 등 수많은 관련 검색어들이 순위 상위권을 도배하다시피 했다.

　"그런데 진짜 천만 못 넘으면 어쩌냐? 누드집 찍어야 되잖아."

　"찍지, 뭐. 까짓것."

"진짜? 너 그렇게 몸에 자신 있냐?"

태웅은 슬쩍 티셔츠를 들어 올렸다.

선명한 왕 자 복근이 꿈틀거리고 있다.

운전대를 잡은 홍구가 백미러로 그 모습을 보곤 혀를 찼다.

"아니, 복근 같은 게 중요한 게 아니지. 태웅이 너, 거시기 크냐?"

"뭐?"

"누드집이면 거시기가 나온다는 거 아니냐? 그럼 거시기도 까야 할 텐데 그게 번데기면 사람들이 비웃을 거 아냐."

"무슨 헛소리야? 거시기를 왜 까? 무슨 고래 잡냐?"

"누드집에서 거시기를 안 까면 뭘 깔 건데? 항문을 까냐?"

그 말에 태웅과 윤철은 어이가 없는 나머지 서로 시선을 교환했다.

둘은 동시에 손바닥으로 홍구의 뒤통수를 내려쳤다.

따악!

"운전이나 해, 이 등신아!"

*   *   *

연말이 다 된 시점에서 '우상'의 본격적인 촬영 스케줄이 확정되었다.

인천 송도에 있는 카지노가 주된 배경으로, 화려한 도시에서의 살인 사건과 조직 간의 대결, 그리고 시가전을 방불케 하는 총격 신과 차량 추격 신, 폭발 신까지 등장한다.

대본을 초고부터 최종고까지 모두 머리에 집어넣은 태웅은 두 개의 시나리오를 세세하게 비교해 보았다.

걱정과는 달리 오히려 최종고가 더 짜임새 있고 깔끔하게 뽑혀 나와 있었다.

'최수빈, 제법 쓸 만한 놈이라니까.'

그가 개인적인 원한이나 목적으로 영화를 만들든 말든 태웅은 상관없었다.

질 좋은 작품에서 멋진 연기를 펼치면 되는 일이었다.

미친 습득력 스킬 덕분에 그가 맡은 배역인 '휘빈'이 가진 음악 프로듀서 능력 또한 얻을 수 있었다.

'이건 다른 능력보다 쓸모가 꽤 있겠다.'

그의 소속사인 실버문 엔터테인먼트의 1호 연예인이자 가수 마가린을 프로듀싱 해줄 수 있을 것이다.

그녀는 레트로한 댄스곡 작곡에 애를 먹고 있었는데, 그렇다고 비싼 작곡가나 프로듀서를 섭외할 수도 없어 새 앨범 제작에 난항을 겪는 중이었다.

그리고 쓸 만한 코디네이터나 스타일리스트를 섭외하는 일도 수월하지 않아서 고민이었다.

"뭘 그렇게 심각하게 생각하고 있냐?"

이제는 거의 매니저가 되어버린 홍구가 그에게 음료수를 내밀며 물었다.

오늘은 윤철이 다른 일로 바빠서 홍구만 태웅을 따라 제작사 사무실에 와 있었다.

촬영 시작 전, 주요 배우들과 모여 대본 리딩을 하는 자리였다.

"패션이나 메이크업 같은 거, 잘 아는 애 없나? 회사에 필요할 것 같은데."

"내가 그런 애를 알겠냐?"

"…미안하다."

거지 중에서도 상거지 꼴을 하고 있는 홍구에게 그런 걸 물어본 게 잘못이라 생각하며 태웅은 입맛을 다셨다.

"아아, 있네. 그러고 보니."

"엥? 누군데?"

"니 동생 태선이."

그 말에 태웅은 어깨를 으쓱했다.

"열심히 공부하고 있는 애를 왜 들먹여?"

"요즘같이 취업 안 되는 때 아예 이쪽 일 시켜도 괜찮지 않겠냐? 시다로 개고생하는 것도 아니고, 오빠가 있는 회사면 든든하잖아?"

태웅은 잠시 생각해 보다가 고개를 저었다.

"자기가 하고 싶다면 모를까, 그런 걸 시킬 순 없지."

"한번 물어나 봐. 하고 싶어 할 수도 있잖아?"

"걔는 이 바닥에 별로 관심 없을걸."

실버문 엔터테인먼트에 입사한다면 나쁠 건 없지만 왠지 여동생을 연예계에 발 들이게 하고 싶지 않은 것이 오빠로서의 마음이다.

연예계의 드러나지 않은 민낯은 사람들의 상상보다 훨씬 더럽고 추악하니까.

*   *   *

"태웅 씨, 일찍 왔네?"

호쾌하면서도 깊은 울림이 있는 목소리.

'우상'의 주연배우인 오영홍이 대본 리딩이 펼쳐질 회의실 문을 열고 들어오며 시원스레 웃었다.

남자가 봐도 푹 빠질 만큼 매력적인 미소와 서글서글한 눈매이다.

청춘스타로 시작하여 어느 정도 나이가 먹은 지금 한층 더 배우로서의 아우라가 뿜어져 나오는 얼굴로 변했다.

개성적이고 동양적인 얼굴로 할리우드에서도 꾸준히 러브

콜이 들어오고 있는 톱스타였다.

"오셨습니까, 선배님."

태웅이 일어나 깍듯이 고개를 숙였다.

친해지면 도움이 될 사람이기에 돈도 안 드는 예우 정도는 얼마든지 해줄 생각이다.

"편하게 해요, 편하게. 난 태웅 씨 팬이기도 하니까."

"제 팬이시라고요?"

"그럼. 우리 영화 찍는 사람들 다 지난번 제작 발표회 이후 팬 됐을걸. 그걸 보고 어떻게 팬이 안 되겠어? 하하하!"

어깨를 두드리는 손이 꽤나 매웠다.

그가 타고난 장사라는 소문이 사실인 모양이다.

"그 기자가 워낙 밥맛이라서 못 참겠더라고요."

"잘했어. 내가 말린 게 부끄러울 정도로 멋진 한 방이었다니까. 이번 영화, 같이 잘해보자고."

일찌감치 회의실에 도착하여 도도하게 앉아 거울을 보고 있던 강규환이 이쪽을 힐끗 쳐다보았다.

190센티미터에 가까운 큰 키와 손바닥만 한 얼굴, 균형 잡힌 몸매가 일품인 그의 비주얼은 난다 긴다 하는 배우들 틈에서도 빛났다.

사실 너무 미끈한 모델 같은 외모라서 감독이 극 중 구상파 넘버2인 진구 역에 쓰지 않으려고 했다는 후문이 있었다.

그래서 그는 이미지가 맞지 않는다는 세간의 평을 불식시키려는 듯 광대뼈가 두드러지게 튀어나올 정도로 살을 빼고 눈빛도 날카롭게 가다듬어 촬영에 임하는 것 같았다.

'다들 쟁쟁하군. 배우들의 아우라는 할리우드 못지않은걸.'

한국 영화가 세계에서 제법 통하는 이유는 영화 자체의 드라마가 강할 뿐 아니라 배우들의 연기도 강렬하기 때문이다.

'태극기 휘날리며'나 '아저씨', '올드 보이', '악마를 보았다' 같은 영화들의 경우 비슷한 부류의 할리우드 영화보다 훨씬 드라마틱하고 배우들의 연기가 강렬했다는 평이 해외 관객들 사이에서도 많았다.

뜻밖으로 강한 임팩트를 내뿜는 것은 바로 유지니였다.

170센티미터가 넘는 훤칠한 키에 글래머 몸매, 그리고 움푹 들어간 눈이 인상적인 서구형 미녀이다.

예능 프로그램에 출연했을 때 동료 연예인과 말다툼을 벌이며 내뱉은 욕설 동영상이 인터넷에 퍼져 곤욕을 치렀지만, 이내 당당하고 솔직한 매력으로 이미지를 회복하고 흥행 배우로 주가를 높이고 있었다.

그녀는 웨이브 진 와인색 머리카락을 손가락으로 꼬며 핸드폰에 얼굴을 파묻고 있었다.

아예 작정을 한 듯 촬영 복장과 흡사한 타이트한 가죽 바지와 부츠를 신고 있는 모습이 그녀의 배역 '앨리스'와 매우 잘 어울렸다.

극 중 구상파 넘버2인 진구의 애인이자 주인공 수현이 조직에 침투시킨 스파이이기도 한 코드명 '앨리스'.

유지니 말고 그 연기를 소화할 사람은 현재 영화계에 없다는 것이 중론이었다.

구상파의 보스인 '조만출 회장' 역을 맡은 중견 배우 강남일.

주인공 수현이 속한 비밀 조직 '일리야 신디게이트'의 한국 연락책이자 간부 '페노메논' 역을 맡은 미국 배우 에릭 카터.

수현이 대표로 있는 기획사 '카산드라'의 인기 여자 아이돌 '웨니' 역의 주인영.

이상의 쟁쟁한 조연들 역시 우상이 왜 한국 영화계 최대 기대작인지를 말해주는 캐스팅이었다.

"다들 왔네요. 그럼 간략하게 서로 자기소개하고 인사부터 합시다. 일단 저는 감독 고화영입니다. 반갑습니다."

감독을 시작으로 출연 배우들이 간단하게 본인의 이름을 밝혔다.

태웅 역시 자리에서 일어나 자기소개를 하고 고개를 꾸벅 숙였다.

대부분의 배우들이 호기심 어린 눈빛으로 그를 바라보았다.

가장 최근 인기 드라마에서 열연하며 급부상했을 뿐 아니라 제작 발표회에서 화제가 되며 실시간 검색어를 장식한 주인공이니만큼 관심이 집중되지 않을 수 없었다.

"그럼 인사는 됐고, 오늘은 간단하게 서로 맞춰보는 걸로 합시다. 내일부터 바로 촬영 들어가니까 각오 단단히 하시고요."

차분한 분위기에서 대본 리딩이 시작됐다.

* * *

우상의 제작사 프리존필름의 별실.

어두컴컴한 방 안, 소파에 앉은 최수빈이 벽에 걸린 커다란 모니터를 뚫어져라 쳐다보고 있다.

모니터에는 대본 리딩이 진행되고 있는 회의실의 풍경이 비춰지고 있었다.

배우들이 대본 리딩을 하고 있는 순간을 그는 마치 스포츠 중계를 보듯 실시간으로 지켜보는 것이다.

주인공 수현 역을 맡은 오영홍은 그의 마음에 쏙 드는 캐스팅이었다.

자기 자신을 투영한 배역이니만큼 누구보다 뛰어난 연기력을 발휘해 줄 배우가 필요했고, 가장 완벽하게 부합하는 배우가 바로 오영홍이었다.

휘빈 역할에서 스스로 진구 역할로 바꾼 강규환은 연기에 대한 욕심이 가득한 젊은 배우였다.

그 역시 배우로서 성공하겠다는 야심이 있어 자신의 마음에 쏙 드는 타입이다.

대본 리딩에서도 오영홍과 강규환, 두 배우 사이에는 보이지 않는 불꽃이 튀고 있었다.

꽤 친분이 있는 사이로 알려져 있지만, 이번에는 묘한 신경전까지 벌이고 있다.

극 중에서도 대립하는 적수인 만큼 실제로도 어느 정도 서로를 견제하는 분위기였다.

'역시 쓸 만해. 그럼 뉴 페이스는 어떨까나?'

그가 리모컨을 누르자 여러 개의 모니터 중 하나가 줌인 되며 태웅의 얼굴을 비췄다.

가장 불안하면서도 한편으론 가장 기대가 큰 배우.

태웅이 휘빈의 첫 대사를 치는 순간 그의 눈동자가 크게 떠졌다.

머리부터 발끝까지 관통하는 짜릿한 전율에 흥분까지 느껴졌다.

"멋지군, 김태웅 씨. 하지만 아직 그 정도론 성에 안 차. 좀 더 완벽하게 구사해 줘야지."

조용히 입술을 깨무는 그의 눈빛이 우수에 젖었다.

"제대로 못하면 동생이 당신을 혼낼지도 몰라. 그만큼 당신이 맡은 배역은 중요하다고."

잔에 든 와인을 입으로 가져가며 그는 조용히 눈을 감았다.

*   *   *

"빨리 모이세요! 이제 곧 시작합니다!"

고화영의 외침에 스태프들과 배우들이 한곳에 모였다.

프리존필름 사무실이 있는 고층 빌딩이 앞에 보이는 공사판 공터 한복판.

잘 차려진 고사 상을 본 태웅이 뜨악한 표정을 지었다.

'으악……'

한국 영화 촬영 시작 전 흔히 지낸다는 고사.

사고를 방지하고 흥행 대박을 기원하는 고사는 흔히 촬영 전날 하는 것이 상례였다.

태웅은 고사 상 중앙을 장식하고 있는 돼지머리를 보고 큰 충격을 받았다.

라이더 베스의 영혼과 하나가 된 후 처음으로 보는 실물 돼지머리인 것이다.

'어, 어떻게 저런 걸… 상 가운데에 두다니……'

그로서는 기절초풍할 일이었다.

'이 인간들, 확 동물 학대로 고소해 버릴까 보다.'

하지만 그런 그의 심정을 아는지 모르는지 고화영은 모처럼 신난 듯 들뜬 목소리로 소리쳤다.

"영화 '우상'의 대박을 기원합니다! 목표는 최소 천만 관객!"

그가 먼저 돼지머리의 벌려진 입에 만 원짜리 지폐를 끼워 넣은 후 잔에 술을 따랐다.

그러고는 잔을 들어 한 바퀴 원을 그린 후 곧장 입안으로 털어 넣었다.

환호성과 박수가 터져 나오자 그는 답례하듯 손을 들어 흔들었다.

"천만 관객은 약하다! 이천만으로 가십시다!"

중견 배우 강남일이 넉살 좋게 외치자 여기저기에서 한마디씩 거들었다.

"이참에 한국 영화 기록 한번 세워봅시다!"

"우리 태웅 씨 누드집 안 찍게 하려면 다들 정신 똑바로 차려야지 말입니다! 하하하!"

사람들의 시선이 태웅에게 쏠리자 그는 마지못해 억지 미소를 지었다.

사실 속이 메스꺼워서 그럴 여유도 없었지만.

다음으로 주연배우들이 차례로 큰절을 하곤 술 한 잔을 원샷했다.

마침내 태웅의 차례.

그는 아직도 얼떨떨한 정신으로 큰절을 한 후 울렁거리는 속을 달래며 천천히 고개를 들었다.

순간 그는 돼지머리와 눈이 마주쳐 버렸고, 입에서 절로 욕지거리가 튀어나왔다.

"제, 젠장……."

눈앞이 아찔해진 그는 일어나다가 다리에 힘이 풀렸다.

균형을 잃은 몸이 순간 앞으로 기울었다.

"아, 안 돼!"

와장창!

고사 상에 엎어진 태웅으로 인해 현장은 난장판이 되고 말았다.

"태웅 씨! 괜찮아?"

주변에 있던 배우들과 스태프들이 몰려들어 그를 부축했다.

난리 통의 와중에 멍해진 고화영만 하늘을 우러러보며 탄식했다.

"불길해. 시작부터 와장창이라니… 정말 불길해."

*   *   *

'우상'의 촬영 첫날.

드라이 리허설까지 마친 후 진행되는 본격적인 스타트였다.

오프닝 시퀀스는 강렬한 롱 테이크 액션 신으로 도심에서 펼쳐지는 차량 추격전이었다.

여기에 주인공 수현의 종합 격투기 경기가 교차되어 나오며 몰입감을 고조시킨다.

시작부터 한눈에 관객들의 시선을 잡아끌 수 있는 신을 배치한 것 또한 최수빈의 탁월한 감각이었다.

"추격전은 이따가 밤 되면 찍을 거야. 시작부터 빡세게 가는 거지."

스케줄에 따르면 촬영 기간은 6개월.

여기서 더 늘어날 경우 제작비 역시 기하급수적으로 늘어나게 된다.

상당히 긴 시간인 만큼 영화 촬영에 들어가면 그 기간 동안 다른 활동을 하기 어렵다.

물론 태웅은 우상에 올인할 생각이다.

"자네, 스턴트 출신이라고 했지? 액션 신 직접 한번 해보는 게 어때?"

중견 배우 강남일이 태웅의 어깨를 툭 치며 너스레를 떨었다.

"제 액션 신은 한참 후라서요. 물론 직접 소화할 생각입니다."

음악 프로듀서인 휘빈 역할은 전반부에는 별다른 액션 신이 존재하지 않았다.

살인을 저지른 중반 이후 수현을 도와 구상파를 처단해 나가면서 서서히 자신 안에 깃든 파괴 본능에 눈을 뜨게 된다.

"이야, 멋지구먼. 다른 세 주역도 너무 위험한 장면을 제외하면 직접 한다고 하더라고. 우리 영화 대박 나긴 나겠어."

오영홍과 유지니는 평소 액션 신을 직접 찍기로 유명했다.

강규환은 이번 영화를 준비하면서 본격적으로 액션스쿨에서 교육을 받았는데, 습득이 무척 빠르고 운동신경이 좋아 액션 감독의 극찬을 받았다.

오프닝 시퀀스에서 도심 액션 신을 펼치는 주역이 바로 강규환과 유지니였다.

둘은 극 중 연인 사이로, 상대 조직의 하수인들에게 쫓기면서도 환상의 팀워크를 발휘하여 적들을 쓰러뜨린다.

휘빈은 수현의 격투기 경기를 보러 '팬도럼' 카지노 빌딩에 왔다가 잠시 바람을 쐬러 간 옥상에서 이 추격전을 목격하게 된다.

'많은 의미가 담긴 첫 신이군.'

모든 주요 인물들이 등장하는 오프닝 시퀀스는 휘빈의 시점을 중심으로 전개된다.

　그의 우상은 주인공 수현이지만, 자신의 이복형이자 구상파 넘버2인 진구이기도 하다.

　경기장의 화려한 조명에 감싸인 수현.

　어두운 밤거리에서 치열하게 사투를 벌이는 진구.

　두 인물의 빛과 어둠을 대비시킴으로써 그 경계 지점에 서 있는 휘빈의 캐릭터에 이중성과 불확실성을 부여한다.

　'정말 어려운 연기야.'

　처음부터 끝까지 일관된 나머지 캐릭터에 비해 휘빈은 극에서 극으로 변화하는 인물이었다.

　그런 만큼 연기의 난이도로 치자면 가장 어려운 배역이었다.

*　　　　*　　　　*

　선수용 팬츠를 입은 오영홍이 거울에 자신의 모습을 비춰 보며 섀도복싱을 했다.

　실제 선수처럼 리얼한 동작이다.

　"선배님, 각 제대로 나오는데요? 원래 격투기 좀 하셨어요?"

　태웅이 슬쩍 띄워주자 오영홍이 신이 나는지 흐뭇한 표정을 지었다.

"복싱이야 기본으로 하는 거고, 주짓수하고 무에타이도 좀 배웠지. 잘은 못해. 하하하!"

'자식, 좋아하긴.'

태웅은 속으로 웃음이 났지만, 겉으로는 감탄한 듯 말했다.

"우와, 정말 대단하시네요. 그 정도면 거의 종합 무술인인데요?"

"그래봐야 실제 선수들에 비하면 새 발의 피지."

오늘 촬영은 카지노 안에 설치된 특설 링에서 펼쳐지는 격투기 경기와 도심의 차량 추격전으로 나뉜다.

로케이션 잡는 데 만만찮았기 때문에 가급적 빠르고 정확한 촬영이 요구됐다.

미리 최대한 합을 맞추고 촬영에 필요한 레일을 설치하는 등의 작업이 일사천리로 진행됐다.

"영홍 씨, 준비됐어?"

"그럼요. 아주 가뿐합니다!"

오픈핑거글러브를 낀 오영홍이 벌써부터 투사의 눈빛을 하며 자신감을 드러냈다.

상대 선수 역할은 격투기 경험이 있는 스턴트맨으로, 구릿빛 피부에 이국적인 생김새가 마치 태국 현지 무에타이 선수를 연상케 했다.

"그럼 갑니다. 3, 2, 1, 레디… 액션!"

제법 많은 관중이 운집해 있는 특설 링.

선수 입장 통로를 오영홍이 카리스마 있게 걸어나왔다.

그리고 링에 오른 그가 관중들을 향해 손을 흔들자, 열화와 같은 함성이 터져 나온다.

'그림 나오네.'

이윽고 펼쳐진 격투 경기 장면.

미리 맞춘 합대로 정교하게 펼쳐지는 액션 연기가 링 위를 수놓았다.

화려한 동작으로 태클을 가한 후 상대 선수를 올라타고 파운딩을 가하자 관중들 사이에서 환호성이 터진다.

송곳 같은 펀치를 얻어맞고 있던 상대 선수가 허리를 한 번 튕기더니 두 사람의 위치가 뒤바뀌고, 그라운드에서 치열한 공방전이 펼쳐진다.

관절기의 일종인 리어네이키드 초크를 시도하는 상대 선수.

어느 정도 먹혀들었는지 얼굴이 새빨개지며 괴로워하는 오영홍.

심판이 제지하려던 찰나, 극적으로 상대 선수의 팔에서 목을 빼낸 그가 다시 자리에서 일어나 스탠딩 자세로 전환한다.

거리를 두고 치열한 탐색전을 펼치던 와중에 오영홍의 채찍 같은 라이트 스트레이트가 상대 선수의 턱을 스친다.

다리에 힘이 풀리며 뒷걸음질 치는 상대 선수를 쫓아 들어간 오영홍의 전광석화 같은 양 훅이 적중.

실신한 상대 선수와 이를 제지하며 경기 종료 사인을 하는 심판.

그리고 링 위에서 펄펄 날뛰며 기뻐하는 오영홍의 모습.

"컷! 아주 좋았어! 퍼펙트! 하하하!"

고화영이 기분이 좋은지 연신 엄지손가락을 치켜세웠다.

다른 배우들도 마찬가지로 환호와 박수를 날렸다.

단 한 사람, 강규환만 경계심 가득한 눈으로 팔짱을 낀 채 그를 지켜보고 있었다.

'신경전이 장난 아닌데? 저렇게까지 할 필요가 있나?'

일류 배우들이라곤 하지만 가끔 저렇게 배역에 지나치게 몰입한 나머지 현실과 구분을 못하는 경우가 생긴다.

"저럴 거면 그냥 한판 붙지, 영화는 뭐 하러 같이 찍는 거야?"

홍구가 뒤에서 시끄럽게 떠들었다.

"둘이 싸워서 지는 사람이 물러나고 그 자리에 내가 들어가면 좋을 텐데… 난 언제쯤 데뷔하나."

"윤철이가 알아보고 있다니까 좀만 기다려 봐. 그리고 조용히 좀 하고."

"오오오오! 진짜? 나한테는 왜 그 얘길 안 했대?"

"이렇게 설레발칠까 봐 그랬겠지."

태웅의 말에 홍구는 한눈에도 신이 나 보였다.

'기왕이면 우상에 한 자리 나면 좋을 텐데. 어떻게 단역이라도……'

늘 같이 촬영장에 오는 김에 출연도 같이하면 좋을 것이란 생각이 들었지만, 배역이란 게 그렇게 쉽게 나는 게 아니었다.

"태웅 씨도 슬슬 촬영 준비해야지?"

초반, 휘빈이 주인공의 격투기 경기를 보며 홀린 듯한 표정을 짓는 장면이다.

천재 음악 프로듀서라는 배역에 맞게 세련된 헤어스타일과 깔끔한 세미 정장을 갖춰 입은 태웅의 외모는 쟁쟁한 미남 배우들 사이에서도 꿀리지 않는 수준이었다.

"아니, 저 친구 외모가 저렇게 좋았나? 성형설이 괜히 나온 게 아니네."

"그러게요. 드라마에 비해 완전 용 된 수준인데요?"

강남일과 오영홍이 멀리서 태웅을 보고 감탄했다.

배역을 위해 단기간에 5킬로그램을 감량해서인지 시나리오상 휘빈의 이미지와도 잘 어울렸다.

"레디… 액션!"

'드디어 첫 신이군.'

태웅은 회심의 미소를 지었다.

그에게 있어서는 가벼운 워밍업 수준이지만, 현장의 스태프와 배우들이 혀를 내두르며 감탄할 만한 연기가 펼쳐졌다.

*　　　　*　　　　*

태웅이 첫 신을 촬영하고 있는 그 시각.

공중파 KBC 방송국에서는 예능국 CP와 피디들이 모여 머리를 맞대고 중요한 회의를 하고 있었다.

"그러니까, 그게 가능하겠어요?"

"솔직히 섭외가 될지 의문입니다. 아무리 피디님이 나선다고 해도 정상급 배우들이 그런 걸 할 리가……."

"어허, 제 별명이 뭡니까? 하면 된다가 아니라 차면 된다, 차피디 아닙니까? 왜 해보지도 않고들 그러세요?"

입사 이래 숱한 프로그램을 기획하고 히트시킨 전설의 피디 차상권은 침을 튀겨가며 일갈했다.

말도 안 되는 기획도 성공시켜 '차면 된다'라는 별명까지 얻었다.

그가 야심차게 내놓은 기획안을 두고 회의실 안에서는 갑론을박이 이어졌다.

'한심한 사람들. 안 된다고 생각하지 말고 무조건 되게 만

들어야지.'

차상권 피디의 새 작품은 바로 '나는 명품 배우다'라는 이름의 배우 서바이벌 경연 프로그램이었다.

비슷한 이름의 가수 경연 프로그램은 있었지만 그와는 조금 달랐다.

이 프로그램은 정상급 배우들을 섭외하여 무대에서 영화 속 신 하나를 재연하는 콘셉트이다.

현장의 관객들이 경연을 펼친 배우들에게 투표를 하고, 득표수가 가장 적게 나온 배우가 탈락하게 되는 프로그램.

서바이벌 경연이라는 시스템과 최고의 배우들이 출연한다는 사실만으로도 엄청난 이슈가 될 예능계의 핫 아이템이었다.

"섭외만 된다면야 이건 바로 대박도 아닌 초대박이지. 근데 가능하겠어, 차 피디?"

예능국 CP 조건만의 질문에 차상권은 손바닥으로 가슴을 팡팡 쳤다.

"제가 누굽니까? 차면 된다 차……."

"그래, 알아. 차면 된다. 그런데 배우들이란 족속이 자존심이 좀 세? 게다가 아무나 출연하면 별로 이슈도 안 될 테니 최고의 배우들을 출연시켜야 할 텐데 아무리 차 피디라 해도……."

"벌써 물밑 작업 들어갔습니다."

벌떡 일어난 그가 앞으로 나가서 프로젝터에 뭔가를 띄웠다.

일곱 개의 동그라미가 연달아 화면에 표시되었다.

그가 마우스를 쥐고 클릭할 때마다 동그라미 안에 배우의 얼굴이 차례로 표시됐다.

총 여섯 번의 클릭 직후 회의실 안이 술렁거리기 시작했다.

"아니, 정말 저 배우들을 섭외하겠다는 말이야?"

"물론입니다. 섭외 안 되면 애당초 이 프로그램은 시작 안 할 거예요."

최근작 '악마의 화살'에서 역대급 살인마 연기를 펼치며 연기 변신에 성공한 하문식, 개그와 드라마를 아우르며 굵직한 히트작에서 열연한 설공우, 건달 전문 배우에서 '낙동강 파수꾼'의 치매 검사 역으로 열연한 주오성, 그 외 감초 배우로 시작하여 지금은 주연배우를 꿰찬 재간둥이 김해진, 전국적인 히트를 기록한 예술영화 '따개비'에서 양아치 역으로 해외 영화 팬들 사이에서도 이슈가 된 고익환…….

쟁쟁한 배우 리스트가 화면에 펼쳐지는 동안 피디들은 모두 입을 쩍 벌리면서도 내심 섭외 가능성에 의문을 품었다.

"마지막 한 명은 누구야?"

"한 명 정도는 루키를 쓸 예정입니다. 아직 선정은 안 했지만 쟁쟁한 배우들 사이에서 주눅 들지 않을 만한 신인 배우로

고를 생각이에요."

물론 그 신인 배우 리스트 역시 차상권의 머릿속에 있었다.

몇 작품 출연하지 않은 신인 배우거나 아예 드라마나 영화에 출연하지 않은 재야 연극계의 고수 등도 포함되어 있었다.

그중에서도 요즘 그가 주목하고 있는 배우가 있었다.

고작 드라마 하나에 출연한 신인 배우지만, 잠재력만큼은 톱스타 쌈 싸 먹을 만한 거물급 연기자.

다른 사람들은 말도 안 된다며 무시할 수도 있지만, 될성부른 떡잎을 알아보는 그의 촉에 걸린 묘한 매력의 배우.

'김태웅. 지금으로서는 가장 쓸 만한 녀석이야.'

*　　　　　*　　　　　*

도심에서 펼쳐지는 차량 추격 신에 앞선 촬영에서 태웅의 연기는 현장에 잔잔한 충격을 주었다.

홀린 듯, 약에 취한 듯 건물 위에서 아래를 바라보는 이 신인 배우의 표정은 뭐라고 말할 수 없는 기묘한 느낌을 담고 있었다.

바로 그 표정 자체가 '우상'의 고유한 분위기를 상징하는 것 같았다.

"레디, 액션!"

도심에서의 차량 추격 신은 워낙 스케일이 큰 장면이었지만, 차량 통제 협조를 얻어 수월하게 촬영이 진행됐다.

의문의 일당에게 추격을 받게 된 구상파의 넘버2 진구가 애인이자 비서인 연희와 함께 차를 타고 총격전을 벌이며 적들을 박살 내는 장면이었다.

연희는 사실 주인공 수현의 조직이 구상파에 잠입시킨 스파이 '앨리스'로, 애인인 진구는 그 사실을 모른다.

진구의 캐릭터를 상징하는 클래식한 느낌의 그레이 정장을 차려입은 강규환의 모습은 남다른 카리스마를 발산하고 있었다.

이번 영화에 출연하면서 강규환은 영화계에 한 획을 긋겠다는 다짐이라도 한 듯 비장했다.

그는 촬영을 준비하면서 방금 전 본 태웅의 연기를 떠올렸다.

'풋내기 개그맨인 줄 알았더니 제법이군. 괜히 캐스팅된 건 아니었어.'

하지만 그는 여전히 태웅을 인정할 생각이 없었다.

어디까지나 대단하지 않은 신인 데다 우상이라는 대작에 출연할 만큼의 압도적인 뭔가를 가지고 있다고 생각하지 않았다.

'뭔가 보여주지. 다들 내 연기에 깜짝 놀라게 해주겠어.'

카지노를 즐기고 나와 차에 오른 진구와 연희.

두 사람이 탄 차가 출발하자 뒤를 따라붙는 다섯 대의 차량.

이내 진구의 차를 포위하고, 운전기사가 추격하는 괴한들의 총에 맞아 쓰러진다.

재빨리 운전대를 잡은 연희.

진구는 창문 밖으로 절묘한 묘기를 선보이며 차례차례 적들을 쏴 명중시킨다.

예사롭지 않은 운전 솜씨의 연희가 활약하여 마지막 한 대만 남게 되고…….

충돌하여 멈춰 선 두 차량.

대로 한복판에서 차 문을 박차고 나온 진구가 괴물 같은 솜씨로 네 명과의 총격전에서 승리한다.

"컷! 그레이트!"

고화영이 매우 만족한 듯 컷 사인을 냈다.

오영홍까지도 놀랄 정도로 강규환의 연기는 장난이 아니었다.

거대 조직 넘버2의 카리스마를 보여주며 대역 없이 현란한 액션 신까지 소화했다.

'우상은 나의 영화가 될 거야!'

강규환은 회심의 미소를 지으며 이마에 흐르는 땀을 닦았다.

같이 활약한 유지니가 그에게 은근한 미소를 보냈다.

"멋졌어요, 규환 씨. 오늘은 우리가 주인공 같은데요?"

"그런가요? 그래도 영홍 선배가 주인공인데요, 뭐."

겸손한 듯했지만 그는 내심 자신이 오늘 최고의 연기를 선보인 배우라고 자신했다.

그에 비해 오영홍은 그냥 사람 좋게 웃고 있을 뿐이다.

'뭐야, 이 인간? 배알도 없나?'

태웅은 허허거리고 있는 오영홍을 보며 의아한 생각이 들었다.

분명 경쟁심을 느낄 법도 한데 이상하리만치 태연하다.

'아직 적수로도 안 본다 이건가?'

할리우드에서도 러브콜을 받고 있는 오영홍의 연기는 대가 수준에 올랐다는 평이 있었다.

그에 비하면 오늘의 연기는 안정되고 깔끔하긴 했지만, 다소 임팩트가 약해 보였다.

물론 태웅은 그의 진면목을 알고 있었다.

결코 오늘의 모습이 다가 아니라는 것을.

"수고하셨습니다!"

촬영이 종료된 후 오영홍이 다가와 태웅의 어깨를 툭 쳤다.

"오늘 한잔 어때? 신고식도 할 겸 말이야."

"좋습니다."

거절할 이유가 없었다.

유지니와 강남일 등 다른 배우들도 술자리에 참석하는 것 같았다.

"저는 좀 어렵겠습니다. 선약이 있어서요."

강규환이 제의를 거절하자 오영홍이 뻘쭘한 표정을 지었다.

"그래? 오늘의 주인공이 빠지면 쓰나. 아쉽네."

그의 말 속에 묘한 빈정거림이 섞여 있었다.

그것을 느꼈는지 강규환의 미간이 꿈틀거렸다.

"주인공은 선배시죠. 그럼 전 이만 가보겠습니다."

심상찮은 분위기를 느낀 건 태웅만이 아닌 듯, 강남일 등 다른 배우들 역시 멋쩍은 얼굴을 하고 있었다.

*　　　　*　　　　*

근처 고깃집으로 향한 배우와 스태프들은 금세 편안한 분위기가 되어 웃고 떠들었다.

"태웅 씨는 정극이 더 잘 맞는 거 아니에요? 오늘 연기 아주 멋지던데요?"

유지니가 특유의 쿨한 말투로 태웅에게 말을 걸었다.

"감사합니다. 사실 제가 좀 진지한 성격이라 개그와는 거리가 멉니다."

그 말에 좌중이 폭소를 터뜨렸다.

"이 사람 왜 이렇게 웃겨? 당신이 개그와 거리가 멀다고? 하하하!"

"내가 드라마를 다 봤는데 그런 소리를 하네. 큭큭큭. 나태웅 씨 연기 보다가 너무 웃어서 사레들리는 줄 알았어."

오영홍과 강남일이 얼굴이 새빨개질 정도로 웃어댔다.

"그런데 강규환이, 너무 어깨에 힘이 들어가지 않았어? 이거원 보는 사람이 다 숨이 막히더라니까."

강남일의 말에 유지니가 휘파람을 불었다.

"나름 목숨을 건 것 같던데요? 그런 사람 하나쯤 있어야 영화가 힘을 받죠."

"쓸 만한 친구야. 앞으로 크게 성장할 거야. 물론 아직은 나한테 안 되지만."

오영홍의 말에서 숨길 수 없는 견제심이 느껴졌다.

태웅은 조용히 배우들의 대화를 들으며 분위기를 파악했다.

딱 봐도 이번 영화, 배우들 사이의 신경전이 장난 아닐 것 같았다.

이 자리에 없는 강규환을 제외하고라도 유지니와 신인 배우 주인영 사이에도 불꽃이 튀고 있었다.

주인영은 태웅과 같이 영화에 첫 데뷔한 신인으로 요즘 한창 주가가 오르고 있는 깜찍한 스타일의 미녀 배우이다.

극 중 주인공 수현이 대표로 있는 기획사 '카산드라'의 인기 여자 아이돌 '웨니' 역할을 맡고 있다.

한창 뜨는 두 여배우 사이의 묘한 기류도 앞으로 촬영장에서의 험난한 여정을 짐작케 했다.

"지니 언니, 요즘 살이 좀 찌신 것 같아요. 저번에 뵐 땐 조금 더 슬림했던 것 같은데, 운동을 많이 하셨나 봐요. 호호호!"

"당연히 너처럼 말라깽이면 기운 없어서 이런 역할을 못하니까 그렇지. 밥은 먹고 다니니?"

"어머, 저는 먹어도 살이 별로 안 쪄서 괜찮아요. 가끔은 어디 문제가 있는 거 아닌가 싶을 정도라니까요."

"그럼 병원에 가봐야지. 혹시 알아? 심한 변비라도 있을지. 호호호!"

겉으로는 편하게 말을 주고받는 것 같지만 수면 아래로 심상찮은 기 싸움이 오가는 것을 태웅은 느낄 수 있었다.

웬만한 신인이라면 이러한 분위기의 술자리에 있는 것이 가

시방석이겠지만, 태웅은 아무런 감흥도 없었다.

'귀엽게들 노는구먼.'

적당한 갈등은 영화 촬영에 있어 양념 같은 것이다.

하지만 지나치게 되면 영화 자체를 망치는 폭탄이 될 수도 있기에 천만 관객이 넘는 영화로 만들어야 할 미션을 받은 태웅의 입장에서는 신경 쓰지 않을 수 없었다.

수현의 조직 '일리야 신디게이트'의 한국 연락책 '페노메논' 역할을 맡은 미국인 배우인 에릭 카터는 쾌활한 성격으로 딱히 촬영장에서 문제를 일으키지 않는 인물이었다.

구상파 보스인 조만출 회장을 연기하는 강남일 또한 오랜 무명을 거쳐 굵직한 배역을 소화하고 있는 중견 배우이다.

성질이 순하기만 한 사람은 아니었지만 노련하고 촬영장의 분위기 메이커 역할을 하고 있어 문제를 일으키기보다는 중재할 타입이었다.

'그런데 저 인간은 왜 저렇게 똥 씹은 표정을 하고 있는 거야?'

뒤늦게 술자리에 합류한 고화영 감독이 연신 구석에서 한숨을 쉬고 있었다.

이미 얼굴이 잘 익은 대춧빛이 된 걸 보니 술이 꽤 약한 것 같았다.

비틀거리며 자리에서 일어나 나가는 그를 태웅은 슬쩍 따라갔다.

아니나 다를까, 술집 화장실 변기를 부여잡고 토악질을 하고 있는 것이 보였다.

"괜찮으세요, 감독님? 나가서 바람 좀 쐬세요."

태웅은 고화영을 부축한 후 바깥으로 데리고 나갔다.

하지만 좀처럼 정신을 차리지 못하는 걸로 보아 완전히 맛이 간 것 같았다.

태웅은 그를 벤치에 눕혀놓은 후 입고 있던 잠바를 덮어주었다.

'아오, 추워. 그런데 이 인간, 대체 왜 이래? 술이 약하면 마시질 말든가.'

그때 그의 주머니에서 뭔가가 툭 떨어졌다.

고화영의 핸드폰이었다.

태웅은 그것을 주워 들고 다시 주머니에 넣어주려다가 갑자기 호기심이 생겼다.

그의 핸드폰 메신저 화면을 흥미진진하게 살펴보고 있는데, 눈에 익은 대화명이 보였다.

'오호라, 임기환이잖아?'

채팅방에 들어가 고화영이 임기환과 나눈 대화를 살펴본 태웅은 놀라지 않을 수 없었다.

도박 빚 때문에 사채를 쓴 고화영.

그리고 그것을 주선한 임기환이 도리어 고화영을 협박하고 있었다.

주된 내용은 '우상'의 감독에서 하차하라는 것이었다.

촬영을 끝까지 마칠 생각이라면 고화영의 치부를 폭로하겠다는 비열한 협박이었다.

고화영은 나름 용기 있게 대응하고 있었지만, 누가 봐도 이미 저울의 추가 기울어진 싸움임은 분명했다.

'임기환 이 새끼, 진짜 안 되겠구나. 끝장을 봐야겠다.'

우상의 촬영과 성공적인 개봉을 방해하는 인간이 있다면 가만둘 수 없었다.

게다가 그에게는 돌려줘야 할 빚이 있지 않은가?

'마침 딱 좋네. 그 녀석을 써야겠다.'

태웅은 핸드폰을 꺼내 누군가에게 전화를 걸었다.

몇 번의 신호음 후 굵직한 중저음의 목소리가 전화를 받았다.

—형님이시군요.

"그래. 네가 할 일이 좀 있다."

—드디어 저한테 명령을 내려주시는군요. 정말 영광입니다. 최선을 다해 형님에게 도움이 될 수 있도록 노력을…….

"시끄럽고, 사람 하나만 잡아와. 쥐도 새도 모르게."

—누군지 말씀만 하시면 명령을 받들겠습니다.

그는 태웅에게 두 번의 패배를 당한 후 영원한 부하가 될 것을 맹세한 풍운아 김샛별이었다.

태선의 학교에서 태웅의 번개 같은 박치기에 실신한 후 보름쯤 지나 나타난 그는 태웅에게 무릎을 꿇으며 완벽한 패배를 시인했다.

귀찮아서 상대하지 않으려는 태웅에게 그는 앞으로 평생 형님으로 모실 것을 맹세했다.

동생을 넘본 건달을 아우로 둘 생각은 추호도 없었지만, 향후 유용하게 써먹을 수 있을 거라는 생각에 연락처를 받아두었다.

물론 동생에게 얼씬도 해선 안 된다는 조건을 달았지만.

"임기환 감독이라는 녀석이야. 반드시 아무도 모르게 해야 해. 적절한 장소는 추후 말해주겠다."

―알겠습니다. 염려 마십시오. 이런 건 제 전문이니까요.

"자랑이다."

―그런데… 동생분은 건강히 잘 지내십니까? 날도 추워지고 해서 안부를 묻고자…….

"뒤질래?"

―죄, 죄송합니다. 제가 분수를 모르고 그만…….

"한 번만 더 그딴 소리 하면 너랑 상종 안 한다. 끊어!"

전화를 끊고 나서 태웅은 아직도 인사불성인 고화영을 바라보았다.

"시, 싫어. 음냐. 갚는다니까요. 갚을게요."

마음고생이 심해서인지 잠꼬대까지 하고 있다.

임기환과의 문제를 깔끔히 해결해 준다면 분명 멋진 영화를 완성해 낼 능력 있는 감독이다.

'정말 별의별 일을 다 한다. 연기만 하는 게 아니라 영화 하나 제대로 찍을 환경까지 조성해 줘야 하다니……'

그는 자신이 영화배우를 넘어 해결사 일까지 하게 된 것에 대해 황당했지만 불만은 없었다.

도리어 짜릿한 복수를 할 수 있다는 사실에 흥분되기까지 했다.

'해볼까나. 전심전력을 다한 화끈한 고문을.'

그는 전생의 기억을 되살렸다.

할리우드의 스파이 영화에서 그는 영국 특수부대 SAS의 요원으로 출연했다.

다른 나라의 특수부대와 마찬가지로 SAS에도 잔인하고 집요하기 짝이 없는 고문 기술이 존재한다.

그는 은퇴한 특수부대 요원에게서 SAS의 모든 기술을 완벽하게 습득한 후 연기했고, 그것으로 또 한 번의 아카데미상을 수상했다.

물론 실전에서 써본 적은 없었다.

'좋은 기회가 되겠군. 인간의 신체란 참으로 신비하고 오묘하니까. 흐흐흐흐흐흐흐.'

특수부대의 살벌한 고문을 임기환에게 선사해 주리라 다짐하며 그는 사악한 미소를 지었다.

"태웅아, 진짜 생각 없냐?"

실버문 엔터테인먼트 사무실 안.

윤철의 간절한 표정을 외면하며 태웅은 하품을 했다.

"아, 글쎄 싫다니까. 난 배우야, 배우. 왜 예능을 나가?"

전생에서 TV 토크쇼 프로그램 따위에 출연했다가 여러 번
사고를 친 경험이 있기에 한국의 예능 프로그램 역시 그에게
는 고려의 대상이 아니었다.

"요즘은 아무리 인기 배우나 가수래도 예능 안 나오면 되는
게 없어. 특히 너 같은 신인은 이렇게 섭외 요청이 많이 들어

올 때 해야 돼. 물 들어올 때 노 저어야 된다니까."

"정 대표, 나 지금 영화 촬영에만 올인해도 바쁘다니까."

"뻥 치지 마. 너 요즘 마가린이랑 음악 만들고 있잖아."

"에이 씨, 누가 말했어, 그런 톱 시크릿을?"

태웅은 말과는 달리 대수롭지 않은 듯 딴청을 피웠다.

영화 우상에서 음악 프로듀서인 휘빈 역을 맡았기에 그의 프로듀싱 능력은 상당히 상승한 상태였다.

그래서 겸사겸사 2집 앨범 준비로 골몰하고 있는 실버문의 가수 마가린과 음악 작업을 하고 있는 터였다.

"니가 가수한테 그럴듯한 프로듀서 하나 붙여줬어 봐라. 내가 이렇게 하나."

"그거야 그렇지만 암튼 넌 그런 거 하면 안 돼. 차라리 예능을 나가라니까."

"내가 예능 나가서 뭘 하겠어? 괜히 이미지만 망칠 거라니까."

가뜩이나 프로 불편러들이 판치는 요즘 예능 출연은 양날의 검이었다.

인지도를 쌓고 화제의 중심이 될 수 있는 대신 한순간의 실수로 매장당할 수 있었다.

"그래서 내가 목록을 뽑아왔다는 거 아니냐. 콘셉트랑 출연진, 스토리보드까지 가져왔으니 네가 한번 골라봐. 천천히 결정해도 되니까."

윤철이 내민 파일에는 대략 일곱 개 정도의 예능 프로그램에 대한 내용이 꼼꼼하게 적혀 있었다.

"가면 노래왕'? 이건 너무 식상해. '바람의 정글러', 정글을 또 가? '한 입만 줍쇼'라… 무슨 거지도 아니고 구걸을 왜 한담?'

뻔한 예능뿐이라 그런지 태웅은 보기만 해도 하품이 나왔다.

시시한 농담 따먹기나 상황극 같은 걸 하는 예능은 아예 고려 대상이 아니었고, 그렇다고 진부하고 반복되는 콘셉트의 예능 역시 출연할 이유가 없었다.

그가 예능에 출연한다면 오직 '재미'를 느낄 수 있을 때만 가능했다.

영화 개봉을 앞둔 시점에서 예능 출연을 통해 화제를 불러일으키고, 그로 인해 천만 관객 견인에 도움이 된다면 출연하지 않을 이유가 없었다.

하지만 이제 막 촬영을 시작한 시점이고 누아르 연기에 몰입해야 하는 태웅이기에 예능 출연은 자칫 독이 될 수 있었다.

"차라리 홍구를 출연시키는 게 어때?"

"쟤가 뭐가 있어야 출연시키지. 예능은 뭐 아무나 나가는 줄 아냐?"

운전 외에는 할 일이 없어 사무실을 지키며 낮잠이나 자고 있는 홍구가 은근 불쌍했다.

'고화영에게 한번 부탁해 볼까? 단역이라도 좋으니 출연시켜 달라고.'

오랜 스턴트맨 생활로 영화에 익숙한 홍구의 장점을 잘 어필한다면 단역 정도는 맡을 수 있을지도 모른다.

게다가 고화영은 이제 태웅에게 큰 은혜를 입게 될 터이니 쉽사리 거절하지도 못할 것이다.

'슬슬 시간이 됐군. 가볼까?'

자리에서 벌떡 일어나 사무실을 나가는 태웅의 등 뒤로 윤철의 간절한 목소리가 들렸다.

"잘 생각해 봐! 네가 우리 회사의 희망이야!"

*   *   *

임기환이 눈을 떴을 때, 눈앞의 풍경이 뒤집혀 있었다.

'뭐지? 술이 아직 덜 깼나?'

어두컴컴한 곳이라 잘 보이지는 않았지만, 얼핏 보이는 풍경은 분명 위아래가 뒤집힌 상태였다.

게다가 머리가 깨질 듯이 아팠다.

어젯밤 그는 자신이 감독한 영화 '문제의 귀환'의 칸 영화제 진출을 기념하며 제작자들과 만나 광란의 밤을 보냈다.

룸살롱에서 옷을 몽땅 벗고 아가씨들을 밀가루 반죽처럼 주물러 댔다.

양주를 연달아 까고 폭탄주를 목구멍에 숫제 들이붓다시피 했다.

'제기랄. 너무 무리했구나. 그런데 무슨 모텔이 이래?'

룸살롱 아가씨와 2차를 나갈 때까지는 기억이 났다.

머리서부터 발끝까지 아주 끝내주는 여자였다.

맨정신으로 즐기지 못했다는 게 아쉽기 그지없었다.

'괜찮아. 아침에 하는 것도 나쁘지 않으니. 그런데 대체 술은 언제 깨는 거냐고.'

순간 그는 벼락을 맞은 듯 정신이 들었다.

얼굴에 찬물을 뒤집어썼기 때문이다.

"어푸푸! 에이, 씨발! 뭐야?!"

욕지거리를 내뱉은 임기환은 순간 강렬한 빛에 눈을 찡그렸다.

갑자기 불이 켜졌기 때문이다.

"뭐야? 여기 어디야?"

자신이 낯선 공사판 같은 곳에 거꾸로 매달려 있다는 사실을 인식한 그는 그제야 비명을 지르기 시작했다.

오랫동안 이어지던 비명은 귓가를 엄습하는 차디찬 목소리에 멎었다.

"어디긴, 지옥이지."

임기환의 눈이 더 이상 커질 수 없을 정도로 커졌다.

"누, 누구야? 당신 누군데 나를……."

그는 자신이 아무것도 걸치지 않은 상태라는 것을 깨닫곤 더욱 공포에 질렸다.

음침한 바람이 불어오는 짓다 만 공사장 같은 곳에 왜 자신이 거꾸로 매달려 있단 말인가?

차디찬 목소리의 주인공이 그의 주변을 빙글빙글 돌며 입을 열었다.

"여기가 지옥이면 내가 누구겠어? 악마나 저승사자, 뭐 그런 거 아닐까?"

"미쳤군. 빨리 안 내려놔? 너 이 새끼, 내가 누군지 알아?"

"아주 잘 알지. 쓰레기 감독 임기환 씨."

"뭐 하는 놈인지 몰라도 가만 안 두겠어. 먼지 나게 두들겨 팬 다음 아주 콩밥을 먹여줄……."

그의 말은 이어지지 못했다.

태웅이 그의 가슴팍을 발로 힘껏 밀었기 때문이다.

허공에 매달린 몸이 팽이처럼 빙글빙글 돌자, 임기환은 심한 어지럼증으로 구토를 느꼈다.

"하지 마! 죽여 버린다, 너!"

부웅!

"으아악!"

욕지거리를 퍼붓는 임기환을 철저히 무시하며 태웅은 계속해서 그의 몸을 빙글빙글 돌렸다.

거꾸로 매달린 데다 현란하게 돌아가는 시선 때문인지 그는 심한 멀미를 느끼지 않을 수 없었다.

"이, 이봐! 자네, 후환이 두렵지도 않나? 도대체 나한테 왜 그러는 거야? 말이라도 좀……."

대략 10분간 이어진 놀이 기구를 방불케 하는 회전에 임기환은 녹초가 되었다.

눈물 콧물로 범벅이 된 얼굴.

심한 어지러움 때문에 토해서 그의 아래는 토사물로 뒤덮여 있었다.

"어이, 임기환이."

"잘못했습니다! 제발 살려만 주세요, 선생님!"

"눈 크게 뜨고 똑바로 봐. 나 기억 안 나?"

그 말에 임기환은 땀과 눈물, 침으로 인해 제대로 떠지지도 않는 눈꺼풀을 힘겹게 움직였다.

"누구신지……?"

"그래, 기억 안 나겠지. 계속 기억하지 마라."

태웅은 아예 매타작을 할까 심각하게 고민했다.

전생에서 익힌 영국 특수부대 SAS의 고문 기술이 떠올랐다.

스파이 영화 '다이아몬드 스파이'에 코드네임 '다이아몬드' 역할로 캐스팅되었을 때, 그는 완벽한 연기를 위해 직접 영국 특수부대 교관에게 여러 가지 기술을 익혔다.

예의 미친 습득력으로 순식간에 정규 과정을 마스터한 그는 왕성한 호기심을 보이며 교관에게 실전에 쓰이는 협상 기술과 몇 가지 고문 기술까지 뒷돈을 주고 배웠다.

그는 신체에 상처가 남지 않고 최상위급의 고통을 주는 기술을 그는 여럿 알고 있었다.

"이런, 기절했네."

잠시 후, 혼절한 임기환의 눈꺼풀이 들렸다.

그는 순간 움찔하더니 다시 눈을 감아버렸지만 태웅이 그걸 못 볼 리 없었다.

"뺑끼 쓰지 말고 눈 떠라. 일어난 거 아니까."

"……."

"이 새끼가 진짜! 너, 셋 셀 때까지 눈 안 뜨면 쌍꺼풀 테이프 눈에 붙이고 천 바퀴 더 돌려 버린다."

그 말에 임기환이 기겁하며 눈을 부릅떴다.

"일어났습니다! 제발 더 이상은……."

태웅은 손가락으로 그의 이마를 쿡쿡 찌르며 으름장을 놓았다.

"고작 이 정도 괴로움도 못 참으면서 남의 목숨은 파리 목숨이냐? 응? 대답해 봐."

"그게 무슨 말씀이신지… 윽!"

우악스러운 손이 자신의 머리끄덩이를 잡고 옆으로 올리자 임기환은 목이 부러지는 듯한 착각을 느꼈다.

괴로움에 컥컥대던 그의 움직임이 순간 멈췄다.

믿을 수 없다는 듯 부릅뜬 눈이 파르르 떨렸다.

"설마 당신… 서태웅?"

태웅은 풀 파워로 임기환의 이마에 딱밤을 날렸다.

"이 새끼가 진짜… 슬램덩크냐?"

"아, 아니군. 김태웅. 그래, 김태웅이었어."

'이제야 알아보는군.'

답답함이 가셨지만 썩 유쾌한 기분은 아니었다.

자기 욕심으로 혼수상태를 만들어놓은 인간을 까맣게 잊고 있다는 사실만으로도 이 작자는 사형감이다.

"그래, 그럼 네가 지금 왜 이렇게 전기 구이 통닭 같은 꼴이 되었는지 알겠지?"

"이봐, 태웅이. 일단 회복한 건 축하해. 그런데 이게 대체 무슨 짓인가?"

"축하?"

태웅의 인상이 험악해지자 분위기를 파악한 임기환이 비굴한 미소를 지으며 말했다.

"자네가 내 영화에서 불행한 사고를 당한 건 참으로 안타까운 일이었어. 그래서 회사는 물론 나 개인 차원에서도 충분한 보상을 준비해 두고 있었지."

"아하, 그러니까 100만 원 말고 다른 보상을 준비했다?"

"그럼, 당연하지. 그렇게 큰 사고를 당했는데 겨우 100만 원만 주겠어? 그건 긴급 위로금이고 나중에 차분하게 다시 치료비와 보상금을 계산해서 주려고 한 거야. 원, 알지도 못하면서. 허허허허."

"그러서?"

"물론이지. 당연한 거 아닌가? 그런데 잘 알아보지도 않고 이런 짓을 해버리면 나로서도 당황스럽잖아. 그러니까 일단 이것부터 풀고 얘기하자고."

"기환아."

"응?"

"좀 더 돌자."

부웅!

대략 30바퀴 정도 더 돌고 난 후 빙글빙글 도는 임기환의 눈동자를 보며 태웅은 으름장을 놓았다.

"어디서 약을 파니? 나 쓰러져 있을 때 내 친구랑 여동생이 너한테 간 거 다 알고 있거든? 쌩 까고 만나주지도 않았다면서?"

태웅은 그의 면상을 보며 SAS에서 배운 모든 고문 기술을 실행해 보고 싶은 충동이 일었다.

자신이 쓰러졌을 때 푼돈을 던져주고 간 행동에 여동생 또한 큰 상처를 받았을 것이다.

두 달 동안 그녀는 인터넷 커뮤니티에 자신의 오빠가 스턴트 사고를 당했고, 말도 안 되는 보상금이 나왔다며 '문제의 귀환' 감독과 제작사, 스태프 등에 대한 비난 글을 남겼다.

여기저기 물어서 유명 신문사 기자에게 제보까지 했다.

하지만 임기환 쪽에서 어떻게 손을 썼는지 기사는 나가지도 않았고, 도리어 태선에게 즉시 글을 삭제하고 입 다물지 않으면 거액의 명예훼손 소송을 걸겠다는 협박을 해왔다.

태웅의 병원비를 감당하는 데만도 허덕이고 있던 태선으로서는 눈물을 머금고 물러설 수밖에 없었다.

최근에야 알게 된 사실이다.

"너 이 새끼, 당장 공구리 쳐서 한강에 던져 버려도 시원찮지만 선택권을 줄게."

태웅은 치솟는 화를 억누르며 임기환의 뺨을 툭툭 건드렸다.

"모든 잘못을 인정하고 너희 회사랑 같이 망할래, 아니면 그냥 경찰서 가서 니가 그동안 저지른 성 상납 강요와 공금 횡령, 탈세, 대마초 피운 거 다 조사받을래?"

"그, 그걸 어떻게……."

"너한테 시간을 많이 주고 싶지 않으니 5초 안에 대답해라. 하나, 둘, 셋……."

"자, 잠깐! 제발 좀 봐주게! 원하는 게 있으면 다 들어줄게! 돈, 돈도 되는 대로 줄 테니까……."

태웅은 주먹을 움켜쥐고 그의 눈앞에 들이대며 말했다.

"돈이라… 근데 그것보다 더 좋은 방법이 있거든?"

*   *   *

임기환의 혼을 쏘옥 빼놓고 나서 태웅은 그를 다그쳐 몇 가지 사실을 더 알아냈다.

고화영을 도박에 빠지게 하고 사채를 주선해 준 것이 바로 칠상파의 사주를 받은 임기환이 한 짓이었다는 것.

고화영이 빌린 돈의 출처는 칠상파가 운영 중인 대부 업체 '퀵앤런캐시'.

건전한 대부 업체의 가면을 쓰고 있지만 실상은 교묘하게 온라인상에서 불법 영업을 하며 살인적인 금리 책정과 불법채

권추심을 일삼는 일당이었다.

요즘 같은 세상에 과다한 금리와 불법채권추심이 가능하겠냐고?

오히려 불법 사금융으로 인한 피해는 점점 늘어나고 있는 추세였다.

불법행위를 신고해도 당국에서 제대로 처리하지 않고, 악질 대부 업자들은 교묘한 작업으로 법망을 빠져나갔다.

법은 멀고 주먹은 가까운 것이다.

"나한테 조금 얻어맞았다고 신고할 테면 해봐. 네 치부도 싹 까발려 줄 테니까. 과연 누가 더 큰 피해를 입을까?"

그 말에 임기환은 아무 말도 하지 못했다.

태웅이 그를 꼼짝 못하게 할 수 있던 것은 삼원 그룹 강부식 회장이 제공해 준 자료 덕분이었다.

최정상에 있는 감독이기에 그가 저지른 온갖 범죄 행위들이 공개될 경우 크나큰 파급력을 불러일으킬 것이다.

반면 태웅의 탁월한 노하우 덕분에 그만큼 고통을 받았음에도 임기환의 몸에는 눈에 띄는 상처나 후유증이 남을 만한 문제는 생기지 않았다.

"일단 고화영 사채 문제는 네가 책임지고 해결해라. 그리고 BH엔터테인먼트를 비롯해 이 바닥에서 칠상파와 관련 있는 모든 회사와 단체에 대한 정보를 다 가져와. 내가 원하는 건 디테일한 정보야. 무슨 뜻인지 알겠지?"

임기환은 황급히 고개를 끄덕였다.

"노파심에 말하지만 허튼 생각은 하지 않는 게 좋아. 네가 깡패를 동원하든 경찰을 부르든 나한테 손끝 하나 대는 즉시 네 구린내 나는 행각을 담은 자료들은 모든 언론사 데스크로 전송될 테니까. 하하하하!"

여기서 풀려나는 즉시 모든 수단을 동원해 태웅을 짓밟으려던 임기환은 당황했다.

함부로 행동할 수 없게끔 상대는 만반의 조치를 취해둔 것이다.

자칫 잘못하다가는 지금까지 쌓아온 모든 것을 잃을 수도 있었다.

'빌어먹을… 개 같은 자식!'

이제 그는 꼼짝없이 태웅의 노예가 되어버렸다.

얼굴 가득 낭패스러운 기색의 임기환을 바라보며 태웅은 회심의 미소를 지었다.

'단순히 복수만 해서는 재미없지. 앞으로 네놈을 머리끝부터 발끝까지 이용해 먹어주겠어.'

*   *   *

고화영은 꿈인지 생시인지 분간이 가지 않았다.

하루아침에 자신을 괴롭히던 사채 문제가 깨끗이 해결됐기 때문이다.

[빌린 돈 갚지 않아도 됩니다. 영화 잘 찍으세요.]

갑자기 날아온 임기환의 메시지를 보고 그는 눈을 의심했다.

또 무슨 이상한 수작을 벌일까 싶어 조마조마하기도 했다.

하지만 아무 일도 일어나지 않았다.

앓던 이가 빠지듯 어이가 없을 정도로 간단히 위기가 사라졌다.

'아직 얼떨떨하겠지. 곧 실감하겠지만.'

태웅은 아직 정신을 차리지 못하는 것 같은 고화영을 보고 씨익 웃었다.

그가 정신을 수습하고 앞으로 연출에만 전념한다면 대작을 넘어서 한국 영화계 역사에 남을 누아르 명작이 탄생할 것이다.

'아직 방심할 수는 없지.'

안전장치를 해두긴 했지만 임기환이 언제 뒤통수를 칠지 모르는 상황이기에 늘 주의를 기울여야 한다.

이미 강창구와 김샛별의 전례가 있지 않은가?

"자, 다 쉬셨으면 촬영 시작합니다!"

한층 밝아진 고화영의 목소리가 촬영장에 울려 퍼졌다.

오늘 촬영부터 부쩍 태웅의 신이 많아졌다.

한때 세간의 이슈가 되었던 스타 프로듀서.

천재라고 불리며 온갖 파티와 시상식의 주인공이 되고 기자들을 몰고 다니던 화려한 존재 휘빈.

하지만 새로 키운 아이돌 그룹이 연속으로 시원찮은 반응을 얻고 이런저런 스캔들까지 겹치면서 점차 관심에서 밀려난다.

스타란 반드시 뜨고 진다는 걸 인정할 수 없는 그는 새롭게 떠오르는 화려한 별, 주인공 수현에게 마음을 빼앗긴다.

'이거 완전 우리 얘기잖아?'

연예계에 몸담고 있는 스타를 꿈꾸는 모든 이의 욕망과 질투, 아귀다툼을 액션 누아르라는 장르적 장치를 통해 상징적으로 풀어낸 듯한 영화 우상.

이 독특한 콘셉트의 이야기를 쉽고 대중적으로 풀어나가는 고화영 감독의 능력은 가히 천부적이었다.

무거운 짐을 덜어서인지 그의 눈에는 총기가 살아났고, 배우들의 연기를 지도하고 현장을 장악하는 데 있어 조금의 흔들림도 없었다.

'저렇게 카리스마 있는 감독이었나?'

충무로의 슈퍼 키드라는 말이 조금도 어색하지 않은 대가의 진면목을 현장의 모두가 지켜보고 있었다.

"어때, 태웅 씨? 느낌 알겠어? 이번 신은 정말 중요해. 휘빈과 수현이 처음으로 대면하는 신이란 말이야."

신 15.

수현이 대표로 있는 기획사 '카산드라'에서 휘빈에게 제안을 보낸다.

요즘 새로 키우고 있는 여자 아이돌 웨니의 프로듀싱을 휘빈에게 의뢰한 것.

휘빈은 제안을 수락하고 카산드라 사무실로 가서 대표인 수현과 인사를 나누게 된다.

"신참, 준비 잘 했어?"

젊은 사업가 분위기가 물씬 풍기는 패션과 헤어스타일을 한 오영홍이 태웅의 어깨를 툭 치며 윙크를 날렸다.

"한번 잘해보자고. 폼 나게 말이야."

어떤 배우들은 연기 시작 전에 몰입하느라 주변에서 말도 걸지 못한다고 들었는데 이 사람과는 전혀 상관이 없는 얘기였다.

촬영 들어가기 전이나 후나 한결같았다.

　　　　　*　　　　　　*　　　　　　*

"시작합니다. 신 15. 레디, 액션!"

　평소 언론의 인터뷰에서 보아온 수현의 복장을 거의 비슷하게 흉내 내어 입은 휘빈이 카산드라 대표실 안으로 걸어 들어간다.
　그를 본 수현이 잠시 멈칫한다.
　자신과 너무 똑같은 모습에 의아함을 느낀 것이다.
　휘빈은 모른 척하며 그에게 꾸벅 고개를 숙인다.
　"처음 뵙겠습니다. 휘빈입니다."
　"반가워요, 휘빈 씨. 카산드라 대표 정수현입니다."
　수현이 내민 손을 물끄러미 바라보던 휘빈이 천천히 그의 손을 잡고 흔든다.
　두 사람 사이에 미묘한 기류가 흐른다.
　아이돌 웨니의 콘셉트와 이후 작업 일정에 대해 실장의 간단한 설명이 오가는 사이, 수현과 휘빈의 시선이 간간이 마주친다.

　'이 인간, 장난이 아닌데?'
　태웅은 내심 놀라고 있었다.

오영홍의 분위기는 겉으로 보기에는 크게 달라지지 않았다.

깔끔하고 댄디한 젊은 사업가.

하지만 그의 눈빛에서는 기묘한 권태와 번뜩임이 느껴졌다.

자연스러우면서도 디테일하게 캐릭터의 개성을 부여하는 연기는 보통 내공으로 할 수 있는 게 아니다.

이를테면 대화를 나누는 중간에 턱을 어루만지는 손가락의 움직임.

중간중간 보이는 미묘한 눈꺼풀의 떨림 등.

이런 건 대본 지문에도 없다.

누가 시키지 않았는데도 스스로 캐릭터를 파고들며 창조하는 버릇임이 틀림없었다.

태웅은 그를 본 순간, 한 축구 선수를 떠올렸다.

네덜란드의 걸출한 스트라이커 루드 반 니스텔루이.

그는 한 경기에서 자신을 마크하는 수비수를 따돌리고 공을 잡기 위해 짧은 시간 동안 무려 44번의 무브먼트를 취한다.

독일의 전설적인 스트라이커 클린스만이 '그는 인간이 아니다. 그렇게 움직이는데 수비수가 미치지 않고서는 견딜 수 없다'라고 말했을 정도이다.

지금 오영홍의 연기가 바로 그랬다.

주인공 수현의 고유한 개성을 만들기 위해 한 신 안에서조

차 어마어마한 디테일을 가하고 있다.

'미세 먼지가 아닌 미세 연기, 그걸 넘어선 초미세 연기다!'

동아시아의 작은 나라 한국에서 이런 어마어마한 배우와 맞닥뜨릴 줄이야!

태웅은 왠지 가슴이 뜨거워지는 것을 느꼈다.

세상은 넓고 고수는 많았다.

할리우드에서도 이 정도의 배우는 쉽게 만날 수 없었다.

'질 수 없지!'

태웅 역시 신경질적이고 자기 파괴적인 본성을 애써 숨기려는 불안한 음악 천재의 캐릭터를 완벽하게 표현해 냈다.

살짝 삐뚤어지게 쓴 은테 안경.

손톱을 물어뜯는 습관에다 자신에 대한 얘기를 할 때마다 눈썹을 꿈틀거리는 디테일까지 추가했다.

두 사람의 연기를 지켜보던 강규환은 충격에 빠지고 말았다.

짧은 시간 동안 수백 합의 공방이 오가는 고수들의 싸움 같았다.

오영홍이야 그렇다 치고 저 초짜 배우가 어떻게 저런 연기를 할 수 있을까?

전혀 진부하지 않고 기이함마저 자아내는 개성적인 연기였다.

"컷!"

고화영이 만족스러운 듯 고개를 끄덕였다.

두 사람의 단수 높은 연기를 그가 몰라볼 리 없었다.

얼굴이 벌겋게 상기된 그는 깊이 한숨을 쉬곤 잠시 말이 없었다.

긴장한 스태프와 배우들이 질문하려는 찰나, 그는 엄지손가락을 치켜들었다.

"아주 좋았어! 두 사람의 첫 만남, 도플갱어를 본 것과 같은 불쾌함과 묘한 신경전, 아주 잘 살려줬어. 영홍 씨는 말이 필요 없고 우리 태웅 씨도 예술이구먼."

초짜거나 내공이 높지 않은 배우들은 과한 칭찬으로 들었으나, 강남일 같은 연기 고수는 달랐다.

그는 두 사람이 얼마나 높은 수준의 연기를 주고받았는지 지켜봤기에 감독의 말에 공감하지 않을 수 없었다.

"이 영화, 무슨 복이 들었기에 이런 대배우들이 날뛰는 거야? 나 같은 사람은 명함도 못 내밀겠네. 허허허."

겸양을 떨긴 했지만 그도 만만찮은 연기 내공의 보유자였다.

자신의 신을 준비하고 있던 유지니 역시 신 15의 연기를 보고서 잠시 할 말을 잃고 말았다.

드라마 출연으로 잠시 뜬 신인 배우.

그것이 그녀가 태웅에게 가진 이미지였다.

그런데 지금의 연기는 예사롭지 않았다.

휘빈이라는 캐릭터를 완벽하게 자기 것으로 만들었다는 느낌이랄까?

'근데 저 사람, 저렇게 섹시했나?'

강규환과 오영홍.

두 수컷 사자가 우두머리 자리를 놓고 치열한 대결을 펼치는 동안, 난데없는 곳에서 패기 넘치는 표범이 나타난 듯한 기분이다.

"자, 태웅 씨는 다음 신 바로 준비하자고. 오늘 좀 빡세지?"

태웅은 감독이 자신을 바라보는 눈빛이 달라졌음을 느끼고 있었다.

"괜찮습니다. 아주 재밌네요. 느낌이 좋아요."

"나도 그래. 이 기세로 주욱 가보자고."

다음 신은 휘빈이 그의 이복형인 진구를 만나는 장면이다.

진구의 애인인 연희까지 출연하기에 태웅은 오늘 하루 영화의 주역 모두와 맞상대를 하게 되는 것이다.

강규환과 유지니는 태웅의 연기력이 예사롭지 않은 것을 봤기에 적잖이 긴장되었다.

특히나 강규환은 더더욱 몸에 힘이 들어갔다.

'저런 애송이에게 밀릴 순 없지. 이 영화의 주역은 나야!'

그가 그린 그림에서 우상의 스포트라이트를 받는 사람은
자신이어야 했다.

오영홍과는 달리 그는 태웅과의 첫 신에서 상대를 압도할
생각을 품고 있었다.

'연기는 경쟁이 아니라 조화지. 쯧쯧, 쟤도 아직 멀었군.'

오영홍은 강규환의 눈빛을 보고 벌써 그의 속내마저도 읽
은 듯 혀를 찼다.

과한 경쟁심은 작위적인 연기를 유발한다.

이를 태웅이 얼마나 잘 받아넘길지에 대해 궁금해졌다.

*   *   *

"컷! 아무래도 안 되겠어. 잠깐 쉬고 다시 갑시다."

고화영이 갈라진 목소리로 말했다.

벌써 일곱 번째 재촬영이다.

태웅과 강규환, 유지니가 나오는 신 18의 촬영이 길어지고
있었다.

'제기랄. 도대체 왜 저러는 거야?'

강규환은 입술을 깨물며 몸을 부르르 떨었다.

"형, 잠깐 숨 좀 돌려요."

그의 매니저가 강규환에게 생수를 내밀며 말했지만 그는

여전히 현장을 벗어나지 않은 채 주먹을 쥐었다.

"내 연기가 그렇게 별로야?"

"네?"

"봤으니까 말을 해봐. 솔직하게."

"아니요. 형 연기 죽여요. 설마 형 때문에 계속 다시 찍겠어요?"

"에휴, 도움 안 되는 놈."

그는 고개를 절레절레 젓곤 자기 자리로 힘없이 걸어갔다.

잔뜩 힘이 들어갔던 단단한 어깨는 축 처진 채였다.

누가 봐도 계속되는 재촬영은 자신의 탓이었다.

스스로 생각하기에도 연기가 부자연스러웠다.

주변을 지나치게 의식한 걸까?

오영홍과 태웅의 신을 지켜본 이후부터 그의 마음은 좀처럼 평온을 찾지 못했다.

둘을 뛰어넘는 연기를 보여주겠다고 주먹을 불끈 쥐고 다짐한 것이 문제였다.

그때부터 페이스를 잃고 자신의 연기를 펼치지 못했다.

처음엔 힘내라던 유지니도 어느새 그에게 싸늘한 시선을 던지고 있었다.

반면 태웅은 속을 알 수 없는 무표정한 얼굴로 반복해서 촬영에 임했다.

'저 자식은 로봇인가? 어떻게 저렇게 할 수가 있지?'

물론 태웅의 연기가 로봇같이 어색하고 딱딱하다는 것이 아니다.

도리어 기계처럼 초정밀한 느낌이랄까?

단 한 번의 실수나 흔들림도 없이 표정, 대사, 리액션 하나하나가 완벽에 가까웠다.

심지어 오영홍 수준의 디테일까지 끊임없이 연기에 넣고 있다.

전작이라고는 쌈마이 드라마 한 편에 첫 영화를 찍는 신인 배우이다.

'천재인가?'

거기에 생각이 미치자 그는 주먹으로 자신의 허벅지를 힘껏 내려쳤다.

찌릿한 고통이 하반신을 지나 온몸에 퍼졌다.

"혀, 형, 괜찮아요?"

옆에 서 있던 매니저가 어쩔 줄 몰라 했다.

"대본 다시 가져와 봐! 빨리!"

매니저가 허둥지둥하며 가져온 대본을 낚아챈 그는 심호흡을 하곤 다시 신 18의 지문과 대사를 복습했다.

'의식하지 말자. 저런 녀석이 천재? 그건 말도 안 돼. 천재는 나야. 절대로, 절대로 지지 않아.'

　　　　*　　　　　*　　　　　*

'이런 연기도 나름 재밌네.'

태웅은 촬영을 마치고 거울을 보며 표정 연기를 연습했다.

오영홍의 초미세 연기는 나름 배울 점이 있었다.

이런 미묘한 연기는 한국 영화의 선 굵고 강렬한 연기 스타일과 비교해 보면 다소 이질적이었다.

한국 배우 특유의 폭발적이고 감정선이 짙게 느껴지는 연기.

거기에 일본식의 미묘한 뉘앙스를 담을 줄 아는 배우였다.

"어때?

"할 만해. 제법 하는 배우들이랑 연기하니 재미있네."

그 말에 홍구가 태웅을 질린다는 눈빛으로 처다보았다.

"이 자식, 역시 거물이구먼. 나 같으면 쫄려서 대사도 기억 안 날 것 같은데 오히려 재밌다고?"

"쫄 필요가 뭐 있겠냐?"

"니 똥 굵다. 근데 강규환 쟤는 왜 저래?"

홍구도 느낄 정도로 강규환은 이전 촬영과 달리 경직된 기색이 역력했다.

"너무 힘이 들어갔더라. 욕심이 많아 보여."

"진심 저 정도면 내가 더 잘할 것 같지 않냐?"

"말도 안 돼. 아무리 그래도 쟤 요즘 뜨는 배운데 데뷔도 안 한 너보다 못할까?"

그 말에 홍구는 힘껏 고개를 저었다.

"두고 봐. 내가 영화 출연만 하면 난리가 날 거다. 대형 신인이 나왔다고 말이야."

"덩치는 대형이지."

전형적인 대형견 스타일의 홍구는 아직도 캐스팅이 되지 않고 있었다.

윤철과 태웅 몰래 오디션을 보고 다니는 것 같긴 한데, 아직 아무런 성과가 나오지 않은 것 같았다.

'역시 감독에게 말해볼까? 이대로 가다가는 평생 운전만 하겠는데?'

그래도 자존심 다 버리고 허드렛일하며 고생하는 친구이다.

태웅은 잠시 화장실에 갔다 온다고 말하고 짐을 챙기고 있는 고화영에게 다가갔다.

"오, 태웅 씨. 오늘 정말 죽여줬어. 이젠 얼굴만 봐도 흐뭇하네. 하하하!"

"감사합니다."

"안 들어가고 왜? 한잔할까?"

"아닙니다. 일이 좀 있어서요. 사실 여쭤볼 게 좀 있는데요, 다름이 아니라 혹시 단역 같은 거 남는 자리 없을까요?"

"단역? 왜, 쓸 만한 배우라도 있나?"

"저랑 같이 다니는 친구가 사실은 연기잡니다. 저랑 같은 스턴트맨 출신이고요."

"그래? 어쩐지 덩치가 좋더라고. 하하! 당장은 자리가 없긴 한데 혹시 모르니까 생기면 말해줄게."

태웅은 그에게 감사의 뜻을 표하고 물러났다.

어차피 홍구와 매번 같이 촬영장에 오고 함께 돌아가고 있다.

가급적이면 그가 우상에 출연할 수 있으면 좋을 것 같았다.

＊　　　　＊　　　　＊

저녁 7시.

촬영을 마치고 윤철을 보기 위해 사무실로 향하던 태웅은 자신을 부르는 소리에 걸음을 멈췄다.

"오랜만이에요, 황갈 씨."

왠지 익숙한 목소리에 고개를 돌린 태웅은 자기도 모르게 헉 소리를 냈다.

날씬한 몸매에 웨이브 진 단발머리.

'청춘은 맛있어!'의 여배우 나진영이 실버문 엔터테인먼트 사무실 건물 앞에 서 있었다.

"지, 진영 씨가 웬일로 여기에……?"

"뭐예요? 영 반가운 얼굴이 아니네. 우리 키스신도 찍은 사이잖아요. 호호!"

태웅은 주위를 두리번거렸다.

이렇게 회사 사무실 앞에서 만나고 있는 장면을 기자에게 찍히기라도 하면 귀찮아진다.

"그냥 여기가 태웅 씨 소속사라는 걸 어디서 들어서 지나가다 생각나서 들렀어요. 상의드릴 것도 좀 있고요."

무슨 집 앞 동네 슈퍼도 아니고 지나가다 들른다?

티 나는 거짓말을 하는 그녀의 속내를 알 수 없어 태웅은 망설였다.

소속사도, 사무실 주소도 알려준 적이 없는데 이렇게 찾아왔다는 것 자체가 수상하기 짝이 없었다.

"일단 안으로 들어가시죠."

"어머, 저 초대해 주시는 거예요?"

"초대라고 하기는 뭐하고… 암튼 지금 아무도 없을 거예요."

"아무도… 없다? 그거 정말 좋네요. 호호호!"

그녀의 묘한 말투를 들으며 태웅은 어처구니가 없었다.

'또 무슨 생각을 하는 거야?'

하여튼 조금만 틈을 주면 들이대려고 한다.

빌미를 주지 않겠다고 다짐하며 태웅은 그녀에게 따라오라고 손짓했다.

실버문 엔터테인먼트 사무실로 들어서자 그녀가 감탄한 듯 말했다.

"와, 정말 너무 예뻐요. 아담하고 깔끔하고. 제가 그동안 있던 곳은 엄청 크기만 하고 정신없고 영 인간미가 없었거든요."

"그래요?"

그녀의 말대로 실버문 사무실은 작긴 했지만 늘 깔끔하고 상큼한 느낌을 유지하고 있었다.

남자 셋이 죽치고 있다는 느낌을 주지 않기 위해 청소도 자주 하고 실내 장식도 깨끗한 느낌의 것으로 꾸몄다.

"여기 직원은 없어요?"

"일단은 1인 기획사예요. 여기 대표님은 저랑 친구고요."

"좋다. 대표님이 친구면 마음도 편하고 걱정도 덜하고 참 좋겠어요."

나진영의 표정이 어두워지는 것을 보고 태웅은 의아했다.

"그런데 상의하실 일이라는 게 뭔가요?"

소파에 앉은 태웅이 그녀에게 물었다.

그녀는 태웅을 말없이 지켜보다가 갑자기 울음을 터뜨렸다.

"진영 씨?"

태웅은 당황하지 않을 수 없었다.

그녀는 눈물을 닦을 생각도 하지 않고 펑펑 울다가 주저앉았다.

"저기… 무슨 일인지 말씀을……."

"저… 회사 나오려고요. 도저히 못하겠어요."

"회사를요? 아니, 그전에 뭘 못하시겠다는 거죠?"

*   *   *

잠시 후, 어느 정도 진정한 그녀가 소파에 앉아 태웅에게 자신이 처한 상황을 설명하기 시작했다.

놀랍게도 그녀는 '청춘은 맛있어!' 종영 후 노출 연기가 있는 영화 출연을 강요받았다고 한다.

그녀가 거절하자 회사에서는 앞으로 일거리를 주지 않겠다고 협박했다는 것이다.

"진영 씨, 이번에 주가 많이 올랐잖아요? 그런데 왜 갑자기 그런 걸 요구하는 거죠?"

태웅의 말에 그녀는 훌쩍거리며 말했다.

"대표님이랑 실장님이 얘기하는 걸 엿들었어요. 제가 더 크기에는 한계가 있대요. 딱히 외모가 특출 난 것도 아니고 그렇다고 뛰어난 재능이 있는 것도 아니고. 이번에 운 좋게 얼굴 좀 알렸을 때 최대한 뽕을 뽑아야 한다나? 그리고 저 이번에 별로 뜬 거 아니에요. 강창구랑 트러블 있다고 소문나서 팬들한테 욕 바가지로 먹고 오히려 이미지 안 좋아졌는데, 모르세요?"

생각해 보니 드라마 종영 후 딱히 그녀가 잘된 것 같지는 않았다.

강창구는 주연배우로 출연한 첫 작품이 성공하며 배우로서의 입지를 다졌고, 태웅도 나름 핫한 배우가 되었지만 그녀는 별다른 이슈가 되지 못했다.

'하긴 여배우는 수명도 더 짧고… 경쟁에서 살아남는 것도 만만치 않지.'

"그리고 저 사실… 힘 있는 분 시중들라는 소리도 들었어요."

빙긋 웃으며 털어놓는 그녀의 말에 태웅은 씁쓸한 기분이 들었다.

이 바닥에서는 흔하디흔한 일이다.

물론 흔하다고 해서 X 같은 일이 덜 X 같을 순 없다.

"그래서 나오겠다고 했어요?"

"네, 그랬더니 너무 욕을 심하게 해서 요 며칠 그냥 상대도 안 하고 있어요. 그런데 제가 주변머리도 없고 그렇다고 집이 잘사는 것도 아니라서… 어떻게 해야 할지 모르겠어요."

아무리 그렇다고 해도 의논할 사람이 자신밖에 없단 말인가?

태웅은 황당하기 그지없었지만 그렇다고 다른 데 가서 알아보라고 매몰차게 얘기할 수도 없었다.

"일단 변호사를 알아보세요. 그쪽에서 보나마나 악질적으로 나올 테니까 대비는 해야 하지 않겠어요?"

"그렇겠죠? 근데 전 그런 법 같은 거 잘 몰라서… 태웅 씨 그때 법 얘기 막 했잖아요. 저 담배 피우는 거 사진 찍혔을 때."

'아, 그랬지.'

예전 대학로 연극에 한두 번 출연했을 때 법대생 역할을 맡아서 몇 개 외워둔 법조문을 써먹었을 뿐인데 그걸 가지고 이런 오해를 하다니……

"저도 법은 잘 모릅니다. 대신 변호사는 제가 믿을 만한 사람 있는지 알아볼게요."

"고마워요. 정말 고마워요."

그녀가 눈물을 글썽거리며 머리를 조아렸다.

그 모습이 안타깝기도 하고 불쌍하기도 했다.

"저 여기 들어오면 안 돼요? 태웅 씨랑 같이 이 회사 다니고 싶은데……"

"네?"

갑작스러운 그녀의 말에 태웅은 기겁했다.

"저 뭐든 열심히 할게요. 태웅 씨가 있는데 여기 대표님이 이상한 거 시키진 않을 거잖아요? 그리고 저 아직 한창이라고요."

"그건 제 소관이 아닙니다."

태웅은 괜히 후회가 되기 시작했다.

그녀는 눈물을 글썽거리며 집요하게 나왔다.

'에이씨, 누가 말려들 줄 알고?'

진영이 그의 옆자리에 앉으려고 하자 태웅은 벌떡 일어나 창가로 갔다.

"일단 그건 나중에 얘기하시죠."

그녀가 더 들이대려고 하는 찰나, 사무실 문이 벌컥 열렸다.

"어라? 아니, 이게 누구야? 나진영?"

홍구의 표정이 놀람에서 호기심으로 바뀌었다.

"맞네! 우와, 여기 웬일이에요? 태웅이 보러 온 거예요?"

그를 본 나진영이 난감한 듯 태웅을 보며 말했다.

"그럼 태웅 씨, 또 연락드릴게요. 말씀드린 거 좀 꼭 생각해 주세요. 갈게요."

후다닥 사무실을 빠져나가는 그녀의 뒤통수를 보며 홍구가 얼떨떨한 표정을 지었다.

"좀 더 있다 가시지 왜……."

그는 태웅을 향해 씨익 웃으며 휘파람을 불었다.

"뭐냐? 너네 여기서 뭐 했냐?"

"하긴 뭘 해? 그냥 뭐 물어볼 게 있다고 하면서 들이닥쳐서 말해준 거지."

"CCTV 확인해 본다? 돌려보면 다 나와."

"여기 CCTV 설치했냐?"

"농담이야. 큭큭, 그런 걸 속냐?"

"에이씨……."

태웅이 인상을 썼지만 홍구는 여전히 기분 좋은지 휘파람을 불어댔다.

"뭐 좋은 일 있어?"

"좋은 일이라… 좋은 일이지. 그럼! 하하하하!"

홍구는 신난 얼굴로 품에서 뭔가를 꺼냈다.

"그게 뭐냐?"

"대본이다! 윤철이가 방금 요 앞에서 주고 간 따끈따끈한 신상!"

"엥?"

그 말에 태웅은 고개를 갸웃했다.

"대본만 주고 갔다고?"

"응. 나한테 배역 제안 들어온 거라고 함 보라더라."

'뭔가 이상한데…….'

목에 힘주고 으스대야 할 일을 그냥 아무 말 없이 대본만 주고 갔다는 사실에 뭔가 꺼림칙했다.

"무슨 영환데?"

"몰라. 그러니까 지금부터 보려는 거 아니냐."

홍구는 이제 콧노래까지 부르며 소파에 벌러덩 드러누워 대본을 펼치고 읽기 시작했다.

3분쯤 지났을까?

갑자기 홍구의 손에 들려 있던 대본이 힘없이 바닥으로 떨어졌다.

"야, 왜 그래?"

의아해져서 바라보는 태웅에게 그가 망연자실한 얼굴로 말했다.

"정윤철 이 새끼⋯⋯."

더 이상의 대답을 거부하는 표정에 태웅은 그가 떨어뜨린 대본을 주워 들었다.

첫 장을 읽는 순간 태웅은 입을 쩍 벌리고 말았다.

홍구가 벙쪄서 윤철에게 욕을 날린 이유를 알 것 같았다.

"이거⋯ 퀴어 영화잖아?"

S# 7
연기의 어려움

　한참 후에야 사무실로 돌아온 윤철은 마치 죄인처럼 슬금
슬금 홍구의 눈치를 보았다.

　홍구는 그와 시선도 마주치지 않은 채 막 21세기에 도착한
터미네이터처럼 우두커니 소파에 몸을 웅크리고 있을 뿐이다.

　"무슨 죄졌냐? 왜 그렇게 바람피우다 걸린 남편처럼 눈치를
봐?"

　"눈치는 무슨… 내가 언제?"

　전혀 아니라는 듯 어깨를 으쓱한 윤철이 딴청을 피우며 창
밖을 바라보았다.

"그나저나 마가린 얘는 왜 이렇게 안 와? 오늘 아르바이트 끝나고 온다더니."

"이 시간에 온다고? 뭐 하러?"

벌써 해가 진 지 한참이다.

"콘셉트 상의지, 뭐. 쓸 만한 작곡가도 하나 붙여주려고."

"무슨 능력으로?"

"에이, 내가 누구냐. 늘 어제보다 나은 사람이 되는 정윤철이다. 내가 누구랑 선을 댔는지 알면 깜짝 놀랄걸."

"그러니까 그게 누군데?"

"YMA의 히트곡 제조기 불낙!"

"…불낙?"

음악 업계 3대 기획사 중 하나인 YMA에서 거느리고 있는 스타 프로듀서 군단.

그들 중 요즘 도드라지게 활발한 활동을 펼치고 있다는 작곡자이자 프로듀서인 불낙이다.

"니가 무슨 깜냥으로 그런 애를 잡았대?"

"아는 선배에 고향 친구에 온갖 연줄을 총동원해서 간신히 잡았다는 거 아니냐. 이번엔 우리 가린이 꼭 대박 내야지."

물론 앨범 전체를 프로듀싱해 주는 건 아니고 그냥 한두 곡 정도 준다는 얘기였다.

하지만 그게 어딘가?

"그래도 돈은 꽤 깨지겠는데?"

"그거야 어쩔 수 없지. 하려면 제대로 해야 하지 않겠어?"

윤철은 잔뜩 들뜬 기색이었다.

"그래, 정 대표. 하려면 제대로 해야지."

깊고 깊은 동굴에서 들려오는 듯한 음침한 목소리.

홍구가 어느새 고개를 들고 윤철을 째려보고 있었다.

"호, 홍구."

"정녕 이런 배역밖에 없었더란 말인가, 나의 친구여?"

잠시 당황하던 윤철은 곧 헛기침을 하고 입을 열었다.

"이런 배역이라니! 그건 품격 있는 퀴어 영화로 세계 영화계에서도 유명한 왕이반 감독의 신작 주연배우야. 보통 비중 있는 역할이 아니라고."

그 말에 홍구가 조용해진 듯하자 윤철은 이내 다시 기세를 올려 밀어붙였다.

"좋은 작품이라면 어떤 영화든 어떤 배역이든 가리지 않고 해야지. 너도 말했잖아? 찬밥 더운밥 가릴 처지가 아니라고. 혹시 알아? 이걸로 네가 '패왕별희'의 장국영이나 '해피투게더'의 양조위가 될 수도 있잖아?"

윤철이 비유를 들긴 했지만 그 배우들은 이미 스타 중의 스타였다.

게다가 왕이반 감독.

아무리 잘 처줘도 세계적인 퀴어 영화 감독이라고 하기에는 한참 못 미친다.

여하튼 금방이라도 윤철을 작살낼 것 같던 홍구의 기세가 다소 누그러진 것을 봐선 이대로 넘어갈 수도 있을 것 같았다.

"안녕하세요."

그때 사무실 문이 스르륵 열리며 마가린이 들어왔다.

얼굴 가득 피곤함에 절어 있는 것을 봐선 꽤 많은 아르바이트를 뛰는 듯했다.

"너무 무리하지 마. 이제 슬슬 앨범 작업도 해야 하는데."

"돈이 없는데 어떻게 해요. 먹고는 살아야지."

생활고를 아무렇지도 않게 고백하는 그녀의 담담한 말투에 태웅은 왠지 여동생 태선이 생각났다.

그만큼 고생하며 힘들게 가수가 되려는 꿈을 품고 산다는 것이 안타까웠다.

윤철이 나름 신경 써준답시고 행사라도 잡아보고 있었지만, 1집이 망하고 시간이 제법 흐른 가수이다 보니 기껏해야 푼돈이나 받는 행사 정도만 근근이 있을 뿐이었다.

그나마도 쉽지 않았으니 윤철로서도 그녀가 일을 쉬게 할 명분이 아직 없었다.

"그런데 하실 말씀이 뭐예요?"

그녀의 질문에 윤철이 씨익 웃었다.

"너 타이틀 곡 만들어줄 사람이 누군지 알아?"

"누군데요?"

윤철은 잠시 뜸을 들인 후 깜짝 선물처럼 입을 열었다.

"YMA의 불낙! 어때? 놀랐지?"

"아아, 그 사람?"

예상과 달리 그녀는 변화 없는 얼굴로 고개를 끄덕일 뿐, 이내 테이블 위에 놓인 대본을 바라보았다.

"이게 뭐예요?"

그녀의 말에 태웅이 대답했다.

"이거? 홍구가 출연할 영화 대본이야. 중요한 역이래."

"진짜?"

이 모습을 지켜보던 윤철과 홍구는 벙찌고 말았다.

윤철은 불낙에 대해 별반 반응을 보이지 않는 마가린의 반응 때문에, 그리고 홍구는 이 영화에 출연한다고 확정 지어버린 태웅의 말 때문이었다.

"가, 가린아, 나랑 얘기 좀……."

"응? 이거 퀴어 영화잖아요?"

호기심이 이는지 윤철의 부름에도 아랑곳없이 대본을 집중하여 넘겨보던 그녀가 홍구를 보며 말했다.

얼굴이 불난 것처럼 붉게 달아오른 홍구가 손을 내저었다.

"아니, 아니야. 나 거기에 출연 절대……."

"…멋지다."

"엥?"

그녀의 말에 홍구가 어리둥절해했다.

"왕이반 감독, 작품성도 작품성이지만 무엇보다 성소수자로서 자기 얘기를 솔직하게 영화로 만들잖아요. 이런 작품에 출연한다니, 홍구 아저씨로선 쉽지 않은 결정이었을 텐데 다시 봤어요."

"그, 그래?"

멋지다는 말 한마디에 홍구의 귀가 팔랑거렸다.

다 죽어가는 낙타처럼 축 처져 있던 어깨가 활짝 펴지고, 침울하던 얼굴에는 활기가 샘솟았다.

"잘해봐요. 응원할게요."

그 말에 홍구가 호탕하게 웃음을 터뜨렸다.

"그렇지. 배우는 언제나 작품으로 말해야 하는 법이지. 설령 남들이 꺼리는 배역이라도 일단 맡았다 하면 혼신의 힘을 다해 연기하는 거, 그게 배우 아니겠어? 하하하하!"

한바탕 들뜬 홍구의 웃음소리가 사무실을 뒤흔들었다.

묘해진 분위기에 태웅과 윤철은 서로 시선을 교환했다.

이걸 말려야 하는지 말아야 하는지 갈등하지 않을 수 없었다.

'처음부터 퀴어 영화를 찍으면 다른 거 하기 힘들 텐데?'

그 때문에 윤철은 모처럼 들어온 배역임을 알면서도 선뜻 홍구에게 권할 수 없었다.

하지만 홍구는 이미 브로크백 마운틴의 주인공이라도 된 양 들떠 있었다.

*   *   *

〈청춘은 맛있어! 반전 커플 김태웅과 나진영, 한솥밥 먹나?〉

NVC의 청춘드라마 '청춘은 맛있어!'에서 열연한 배우 나진영이 소속사인 BH엔터테인먼트를 떠날 것이 유력해지고 있다. 놀라운 것은 새 둥지가 최근 염문설이 돌았던 배우 김태웅의 소속사 실버문 엔터테인먼트가 될 것으로 보인다는 점.

실버문 사무실에 수시로 출입하고 김태웅과 잦은 접촉을 갖는 나진영의 행각으로 인해 다소 잦아든 두 사람의 염문설은 다시 뜨겁게 점화하고 있다……

대형 기획사 ROD 접객실.

기다리는 동안 핸드폰으로 포털 사이트에 뜬 기사를 본 태웅은 기자 이름을 보고 미간을 찌푸렸다.

'아놔, 황병준 이 인간, 진짜… 그걸 찍어서 기사를 내냐?'

분명 나진영이 회사 앞에 왔을 때 주의를 경계했음에도 불구하고 사진이 찍히고 기사까지 나버렸다.

기사를 쓸 테면 써보라고 했지만, 설마 이렇게 일거수일투족을 까발릴 줄이야.

그동안 황병준 기자가 그에 대해 쓴 기사만 다섯 개.

다 대수롭지 않은 내용이었지만 이 망할 놈의 기자는 집요하게 태웅의 일상을 노출시키고 있었다.

이러다가는 화장실에서 똥 싸고 휴지질을 몇 번 하는지까지 기사로 나올 판이다.

'확 걸리기만 해봐라. 카메라를 뽀개 버릴 테다.'

사진을 쓰고 기사를 낼 수도 있지만, 말도 안 되는 기사를 추측성으로 쓴다면 그건 그야말로 기레기일 뿐이다.

'하긴 나진영 입장에서는 맞는 얘기이긴 하지만……'

쓸데없는 상념에 잠겨 있는데, 접객실 문이 활짝 열리며 머리부터 발끝까지 눈부신 미모의 여성이 들어왔다.

삼원 그룹 강부식 회장의 손녀이자 강창구의 누나 강지나였다.

그리고 대형 기획사 ROD의 새 대표이기도 하다.

"태웅 씨, 정말 오랜만이에요. 잘 지냈어요?"

"물론입니다. 지나 씨는 여전히 아름다우시네요."

"호호호, 그렇게 말하는 태웅 씨도 얼굴에서 빛이 나는데요? 요즘 성형 의혹 많이 받으시던데, 저한테라도 진실을 말해

주세요."

"못 믿으시겠지만 정말 살 빼고 운동만 했습니다. 그게 다예요."

그의 거짓말에 그녀는 살짝 눈을 흘겼다.

"치, 저한테도 숨기시다니 실망이에요. 하지만 믿어볼게요. 제가 보기에도 태웅 씨 얼굴에 시술의 흔적은 없으니까."

"그런 것도 보이시는 거예요?"

"그럼요. 저 그런 거 알아보는 데 도사예요."

그녀가 빙긋 미소 지으며 접객실 소파에 태웅과 마주 보고 앉았다.

"그런데 절 보자고 하신 이유가 뭐죠?"

태웅은 작게 한숨을 쉬곤 용건을 말했다.

"실은 나진영 씨 때문인데요."

딱히 사이가 좋지 않은 여자 배우 얘기를 꺼냈음에도 그녀는 여전히 부드러운 미소를 유지하고 있었다.

"기사 봤어요. 그 염문설, 진짜는 아니죠? 후후."

'이런, 한 방 먹었다!'

태웅은 순간 얼떨떨해졌다.

분명 올라온 지 얼마 안 되는 기사임에도 그녀는 벌써 체크하고 있었다.

＊　　　　＊　　　　＊

"그게 사실은 이런 겁니다."

태웅은 뜸들이지 않고 그녀에게 사실을 숨김없이 이야기했다.

이야기가 끝나자 그녀는 조금 놀라는 표정이었다.

"저런… 정말 질이 나쁜 회사네요. 업계 소문을 듣긴 했지만 이렇게 가까운 사람에게 듣고 나니 한결 더 기분이 안 좋아요."

그녀는 진심으로 화가 났는지 하얗던 뺨이 살짝 붉어졌다.

"그래서 어떻게 하실 거래요?"

"계약 해지 소송 진행하고 회사도 옮기고, 이런저런 과정이 필요할 겁니다. 그런데 도와줄 사람이 없다고 하네요. 그래서 말인데, 혹시 믿을 만하고 능력 출중한 변호사 한 분 소개해 주실 수 있나요?"

삼원 가문의 일원이자 대형 기획사의 대표이기도 한 그녀라면 숱한 법조인을 알고 있을 거라는 게 태웅의 추측이다.

"그건 제가 알아볼게요. 유능하고 도움드릴 수 있는 분으로요."

그녀가 흔쾌히 대답했다.

"같은 여자로서 참으로 화가 나고 슬프네요. 진심으로 돕고 싶어요."

자신을 바라보는 그녀의 그윽한 눈빛에 태웅은 기분이 묘해졌다.

헛기침을 하고 난 후, 염치없지만 한술 더 떴다.

"그럼 혹시 소속사 연예인으로 받아주실 수도 있을까요? 좀 무리한 부탁이지만……."

그 말에 그녀는 다시 짓궂은 표정을 지었다.

"정말 너무 신경 써주는 거 아니에요? 열애설 사실이죠?"

"사실이면 그냥 저희 회사 오게 하겠죠."

그녀는 소리 내어 웃으며 손을 내저었다.

"농담이에요. 그런데 제 생각엔 진영 씨가 싫다고 할걸요? 제가 대표에다가 창구가 대표 연예인으로 있는데 오겠어요?"

"그건 제가 한번 설득해 보겠습니다."

"알았어요. 잘 될지는 모르겠네요. 후후."

태웅이 감사의 뜻을 표하자, 그녀는 별일 아니라는 듯한 태도를 취하며 의미심장한 말을 날렸다.

"그런데 아직 생각 안 바뀌셨어요?"

이 얘길 왜 안 하나 했다.

또다시 꺼낸 스카우트 제의.

"아직 그럴 생각 없어요. 미안합니다."

"의리 있는 남자시네요. 그럴 줄 알았어요. 호호. 그럼 이건 어때요?"

그녀는 들고 온 서류 중 하나를 내밀었다.

"이게 뭡니까?"

태웅이 살펴보니 예능 프로그램의 기획서가 여러 장 있었다.

"얼마 전에 저희 회사에서 유명한 예능 피디 한 분을 영입했어요."

그녀는 나긋나긋한 어조로 설명을 이어갔다.

"차상권 피디라는 분인데, 손댔다 하면 히트 안 한 프로가 없을 정도랄까? 그분이 새로 기획한 프로그램이 있는데 윗선과 협의가 잘 안 된 모양이에요. 제가 보기엔 무리가 좀 있긴 했지만 포맷을 대폭 수정해서 가면 대박 프로그램이 나올 수도 있을 것 같아서요."

왜 이런 얘길 자신에게 하는 걸까?

태웅은 어쩐지 불길한 예감이 들었다.

"그 프로그램에 태웅 씨가 출연해 주면 참 좋을 것 같은데, 어떨까요?"

좀처럼 거절할 수 없는 제안에 태웅은 식은땀이 났다.

"지금은 제가 영화 촬영 중이라서……."

"물론 지금 당장 찍자는 건 아니에요. 준비 기간도 있고 하니 태웅 씨 촬영 끝날 때쯤 제작에 들어가지 않을까 싶어요."

'젠장, 핑계도 못 대게 생겼네.'

태웅은 문득 그녀가 말한 예능 프로그램에 대한 호기심이 일었다.

천천히 기획안을 넘겨보는 그의 눈이 이채를 띠었다.

처음에는 무대에서 최고의 배우들이 연기로 경연을 펼치고 탈락자를 뽑는다는 무리한 콘셉트였다.

하지만 강지나의 손을 거친 프로그램은 시청자들이 흥미를 가질 만한 매력적인 프로그램으로 탈바꿈했다.

'그래도 예능은 별론데… 굳이 나가야 한다면……'

그는 머릿속에 이미 출연을 생각해 둔 프로그램이 있었다.

*   *   *

강지나와의 얘기를 마친 후 함께 유명하다는 ROD의 구내 식당 별실에서 점심을 먹었다.

최고급 요리에는 미치지 못하지만, 괜찮은 호텔 레스토랑 수준은 되는 맛이었다.

'이런 걸 매번 먹다니, 여기 녀석들은 복받았군.'

강지나도 평소 도시락이나 빵으로 때우거나 여기서 점심을 먹는다고 한다.

소탈한 그녀의 태도에 한층 더 호감이 갔다.

사실 그녀가 밖에서 식사를 하자고 했지만, 태웅이 ROD 구내식당을 구경하고 싶다며 부득불 우겨서 이곳으로 오게 된 것이다.

"저거 김태웅 아니야?"

"그러게. 대표님이랑 같이 먹네?"

"우리 회사 오는 거 아냐?"

스쳐 가던 인기 아이돌 그룹 '올리브차일드'의 멤버들이 두 사람을 보고 호기심이 이는지 숙덕거렸다.

인기 절정을 달리고 있는 그룹이지만 조만간 팬 층이 줄어들 것이라는 예측 보고서가 있었고, 게다가 멤버 중 인기 톱인 강창구도 배우로 외도하고 있기 때문에 활동도 위축되어 예전 같지 않았다.

요즘에는 유닛이나 솔로 활동을 통해 그나마 인기를 이어 나가고 있었다.

"어머, 이제 밥 먹어요?"

강지나가 화사하게 웃으며 올리브차일드 멤버들에게 인사하자, 그들은 순간 바보 같은 표정을 지으며 고개를 숙였다.

"안녕하세요, 대표님? 좋은 점심입니다!"

'뭐야, 저 멀대들은?'

태웅은 그들이 누군지 몰라 골똘히 보았다.

"태웅 씨, 여긴 올리브차일드예요. 들어봤죠?"

"아하!"

강창구가 멤버로 있는 올리브차일드를 직접 보게 된 태웅은 그들을 유심히 관찰했다.

딱히 탁월한 재능이나 외모를 가지고 있는 것 같진 않았다.

사실 올리브차일드는 강창구가 거의 하드캐리하다시피 한 아이돌 그룹으로, 그가 거의 빠진 지금에는 평범한 다른 아이돌과 다를 바 없는 수준이었다.

"김태웅 씨죠? 저 완전 팬이에요. 청춘은 맛있어 진짜 잘 봤어요."

"요리하는 연기, 환상적이시던데요? 언제 한번 보여주세요!"

스스럼없이 웃으며 말을 거는 모습을 보니 제법 붙임성 있는 성격의 아이돌 같았다.

'강창구만 싸가지가 없구나!'

드라마를 찍는 동안 올리브차일드의 다른 멤버들은 촬영장에 코빼기도 보이지 않았다.

그렇다는 것은 그와 멤버들의 사이가 별로 좋지 않다는 것을 의미한다.

"누나, 아니, 대표님! 왜 전화 안 받……."

껄렁한 트레이닝 차림으로 한 손에 다 먹은 식판을 들고 걸어오던 강창구가 태웅을 보고 얼굴이 흙빛이 되었다.

"에이씨, 진짜……."

그는 태웅을 보자마자 구시렁거리며 쏜살같이 자리를 떴다.

"야, 너 어디 가?"

강지나는 어이없다는 듯 태웅을 보며 사과했다.

"죄송해요. 애가 아직도 철이 없어서……."

"아닙니다. 뭐 급한 일이 있나 보지요. 하하하!"

지난번 두드려 맞은 것 때문에 강창구는 이제는 태웅에게 거의 이골이 난 듯했다.

"창구도 조만간 영화 하나 들어갈 것 같아요. 운 나쁘면 태웅 씨 영화랑 겹칠 수도 있겠네요."

"그럼 극장가에서 흥행 1위 자리를 놓고 격돌하겠네요. 잘 부탁드립니다."

"너무 앞서가신다. 호호호!"

식사를 마치고 사무실을 나올 때까지 강지나는 친절하게 태웅을 배웅했다.

그녀만 한 지위에 있는 사람이 고작 신인 배우한테도 최대한 예의를 갖춘다는 것은 쉬운 일이 아니다.

'보기 드문 사람이군.'

그녀의 스카우트 제안에 살짝 마음이 흔들리는 것도 사실이었지만, 그렇다고 해서 지금 친구들과 함께 회사를 키워 나가는 재미를 포기할 순 없었다.

*   *   *

끼익!

사무실을 나오는데 갑자기 그의 앞에 왠지 눈에 익은 검정색 차가 섰다.

뒷좌석 문이 열리는 소리와 함께 익히 잘 아는 남자가 그를 향해 손짓했다.

"타시죠, 태웅 씨."

최수빈!

영화 우상의 투자사인 사마리아인베스트먼트의 대표이자 시나리오 작가.

어디서 갑자기 나타났는지 모습을 드러낸 그가 다짜고짜 태웅을 차에 타라고 했다.

얼떨떨한 기분으로 차에 오른 태웅을 그가 날카로운 표정으로 살폈다.

"ROD에서 뭐 하신 겁니까?"

"네?"

"그곳 대표와 친분이 있다고 들었습니다만, 사적인 만남입니까, 공적인 만남입니까?"

"친분이라고까지 할 건 없고 그냥 아는 사입니다. 도움을 청할 일이 있어 만났고요."

고분고분 대답하던 태웅은 순간 황당해졌다.

'내가 왜 이 말에 다 대답해야 하지? 그것도 대뜸 추궁하듯 물어보는데 말이야.'

"대형 기획사라는 자들은 늘 구린 데가 있게 마련입니다. 게다가 ROD는 예전에 좋지 않은 소문이 있던 곳이고요. 만약 태웅 씨가 잘못 얽혀서 문제가 생기기라도 하면 영화가 무너집니다. 오늘은 그 얘기를 드리려고 이렇게 왔습니다."

"저를 감시라도 하시는 겁니까?"

위치 추적 장치를 달아놓거나 미행이라도 붙이지 않는 이상 이렇게 일거수일투족을 파악할 수 있을까?

게다가 그와 강지나가 아는 사이라는 것까지 정확하게 알고 있었다.

뒷조사를 하지 않곤 알기 어려운 사실이다.

"지켜보고 있습니다. 제가 할 일을 대신 해주시더군요."

"뭐… 라고요?"

혹시나 해서 던진 말인데 조금의 거리낌도 없이 고개를 끄덕이며 인정한다.

"임기환 말입니다. 어떻게 처리할지 고심하고 있었는데 그보다 더 깔끔할 순 없겠더군요. 물론 그가 완전히 포기한 것은 아니니 주변 경계를 잘 하라고 경고는 드릴 참이었습니다."

그 말에 태웅은 뒷골이 싸해졌다.

국정원 직원이라도 되는지 자신의 모든 것을 지켜보고 있었다.

"그만두시죠."

"뭘 말이죠?"

"절 사찰이라도 하시는 것 같은데, 대단히 불쾌합니다."

태웅의 말에 최수빈이 어깨를 으쓱했다.

"미안합니다. 하지만 어쩔 수 없었어요."

"뭐가 어쩔 수 없어요? 당장 그만두세요."

"이건 태웅 씨를 칠상파의 손에서 보호하기 위함이기도 합니다. 그렇게 생각해 주시면 안 되겠습니까?"

"안 되겠는데요."

강경한 태도에 최수빈이 한숨을 내쉬었다.

"좋습니다. 그렇지만 내 도움이 필요할 땐 언제든 이걸 누르세요. 어디서 뭘 하고 있든 달려올 테니까요."

그가 건네는 작은 플라스틱 버튼 같은 것을 받아 든 태웅은 의심쩍은 눈초리로 그것을 살펴보았다.

'이건 또 뭐야? 무선호출기도 아니고……'

"그걸 꼭 휴대하고 다니겠다고 약속해 주시죠. 그럼 더 이상 태웅 씨를 감시하는 일은 그만두도록 하겠습니다."

"이거 위치 추적기 아닙니까?"

그 말에 최수빈이 멈칫했다.

아무래도 정곡을 찌른 것 같다.

"아놔, 진짜… 이렇게 나올 겁니까? 아예 여기다 CCTV를 달아두시지."

"흠. 위치 탐색은 평소에는 쓰지 않습니다. 정말 위기 상황이 닥쳤을 때 태웅 씨를 도와드리고자 함이에요."

"위기 상황이 뭔데요?"

"태웅 씨는 임기환을 건드렸단 말입니다. 약점 가지고 협박한다고 한들 그 뒤에 있는 칠상파가 가만있겠습니까?"

"가만 안 있으면 혼내주면 됩니다."

"…네?"

뜻밖의 말에 최수빈이 입을 쩍 벌렸다.

"왜요. 최 대표님도 걔네들 혼내주려고 이 영화 시나리오 쓰고 투자한 것 아닙니까? 그냥 영화 개봉으로 끝낼 생각이 없는 거 압니다."

"맞습니다만……."

"그러니까 절 그냥 내버려 두세요. 자유롭게 영화 찍을 겁니다. 전 배우니까요."

태웅은 위치 추적기로 위장한 호출 리모컨을 차 뒷좌석에 내려둔 후 문을 열고 나갔다.

"태웅 씨? 잠깐만요!"

"살펴 가세요!"

그 말만을 남기고 태웅은 자기 갈 길을 갔다.

      *   *   *

우상의 촬영장.

답답한 표정을 숨기지 못하던 고화영이 손으로 목을 자르는 듯한 신호를 보냈다.

"컷! 조금 쉬었다가 갑시다."

진구가 구상파와 카지노 지분 문제를 놓고 다투던 상대 파 회장을 찾아가는 장면의 도입부이다.

진구 역을 맡은 강규환은 이 신을 촬영 후 수십 명을 상대로 펼쳐지는 전투 신을 찍어야 한다.

하지만 지금 같은 컨디션으로는 또 얼마나 많은 NG가 날지 알 수 없는 상황이다.

붉으락푸르락하던 강규환이 가라앉은 목소리로 말했다.

"도대체 뭐가 문제죠?"

"응?"

"방금 괜찮은 거 아니었습니까? 벌써 똑같은 신만 열세 번째 테이크인데요."

한숨까지도 참으며 강규환은 입술을 깨물었다.

배우로서 직접 하기 자존심 상하는 일이었지만, 그래도 자신을 이렇게 대접하는 감독에 대해 명확하게 할 말은 해야 했다.

고화영이 그의 얼굴을 빤히 들여다보며 혀를 찼다.

"내가 계속 얘기하잖아, 규환 씨. 힘이 너무 들어갔다니까?"

"그건 제 스타일입니다."

"그렇다면 너무 과해. 캐릭터에 맞게 좀 다운시켜 봐."

멀찍이서 지켜보고 있던 태웅 역시 그의 연기가 진구 캐릭터에 맞지 않다고 생각했다.

잔인하고 거침없으며 늘 얼음 같은 차가움을 유지하는 것이 시나리오상의 진구 캐릭터이다.

가끔 불꽃을 뿜을 때가 있지만 그건 극히 특수한 몇몇 상황에서만 폭발시켜야 한다.

지금처럼 매 순간 뜨겁기만 해서는 안 되는 것이다.

'이대로 가면 망인데……'

강규환이 진구 캐릭터를 제대로 해내지 못하게 되면 영화의 질이 하락한다.

게다가 이미 잦은 NG와 재촬영으로 인해 촬영 시간이 지체되고 있다.

원래 못하는 배우는 절대 아니었다.

태웅은 어떻게 하면 그의 어깨 힘을 빼고 원래의 실력을 발휘할 수 있게 할지에 대해 머리를 굴렸다.

결국 강규환의 신은 앞부분과 뒷부분을 끊어서 가기로 했다.

같은 공간에서의 신을 연속해서 촬영하는 게 아니다 보니 비효율적이고 감정선도 이어지지 않는다.

웬만해서는 피하고 싶은 방법이었지만 감독으로서도 어쩔 수 없었다.

'정 아니면 강규환 신은 촬영 막바지로 몰아버리는 것도 고려해야겠는데.'

정해진 촬영 기간을 지키지 못할수록 제작비는 늘어나고 영화의 개봉은 늦춰질 것이다.

감독의 행태에 따라 마냥 늘어질 수 있는 한국 영화의 촬영 방식을 그는 지양하고 있었다.

할리우드식으로 철저하게 정해진 스케줄에 맞춰 촬영하고, 감독 역시 프로다운 근무 태도를 보여야 한다.

"태웅 씨 신부터 가자. 가능하겠어?"

"네, 문제없습니다."

태웅이 힘차게 대답하곤 자리에서 일어났다.

예정보다 앞당겨졌지만 딱히 준비할 것도 없었다.

신 35.

수현의 일거수일투족을 미행하다가 갑자기 자신을 습격한 사람을 죽인 휘빈.

그 광경을 수현에게 들키고, 그에게 협박 아닌 협박을 당해 함께 구상파를 칠 것을 다짐받는 장면.

오영홍과 찍는 신이 잦아서인지 이제는 제법 그와 친해졌다.

그 역시 태웅에게 특유의 시원한 미소를 지으며 엄살을 떨었다.

"이번 신 너무 어렵지 않아? 게다가 또 태웅이 너랑 해야 되니 대충 찍을 수도 없고. 에휴."

"막상 샷 들어가면 또 포스 작렬하실 거면서."

"포스는 무슨, 우리가 뭐 연기로 싸움이라도 하나? 하하하!"

"싸우면 안 되죠. 그럼 연기가 구려지니까요."

"그렇지. 연기란 게 협력과 조화여야지 남을 이겨먹겠다, 이러는 건 좀 아니지."

아주 대놓고 들으라는 듯 두 사람은 목소리를 높였다.

그 말을 듣고 있던 강규환은 내심 발끈했지만 뭐라고 한마디 할 처지는 아니었다.

'저것들이 지금 날 무시한다 이거지?'

대배우인 오영홍은 그렇다 치고 새파란 태웅까지도 자신을 조롱하는 것은 가만 놔둘 수가 없었다.

"이봐, 태웅 씨. 지금 내 얘기 하는 건가?"

주위가 싸해졌다.

태웅은 달라진 분위기에 아랑곳하지 않고 그를 돌아보며 말했다.

"스스로 생각하기에 본인 얘기로 들린다면 그런 거겠죠."

"이 자식이 진짜……."

강규환의 얼굴이 험악해졌다.

주위에서 몰려들어 둘을 갈라놓았다.

하지만 태웅은 태연하기만 했다.

의도적으로 화를 돋우려고 했는데 너무 쉽게 성공한 것에 내심 허탈했다.

'다루기 쉬운 놈이구나.'

스태프와 매니저의 만류에 진정한 강규환이 한숨을 쉬고 자리를 떠나 버렸다.

스스로도 그렇게 벌컥 화를 냈다는 것에 창피하고 화가 나는 것 같았다.

오영홍이 그의 뒷모습을 보고 혀를 찼다.

"쯧쯧, 안타깝구먼. 염불보다 잿밥에 관심이 많다기보다 염불에 지나치게 관심이 많아."

"그게 무슨 뜻이죠?"

"연기를 잘하겠다는 본연의 임무에 너무 집중했단 말이지. 좀 내려놓아야 할 텐데."

그런 사람들이 있다.

대충대충 연기하는 것 같고 자기 잘난 맛에 사는 것 같은데 미칠 듯한 인기를 얻고 감동을 주는 배우.

그리고 최선을 다해 성실하게 연기하고 일하는 데도 빛을 보지 못하고 사라지는 배우.

'무슨 차이일까?'

타고난 스타성의 문제는 아닐 것이다.

"배우란 연기를 잘해야 하는 사람이기도 하지만, 매력적으로 보일 줄 아는 사람이어야 한다 이거죠?"

어디선가 나타난 유지니가 껴들었다.

"그래, 쟤도 한 꺼풀만 벗으면 되는데 말이야. 저래 가지곤 안 돼."

"강규환 씨가 단순히 미남 배우라는 거겠죠."

"CF만 찍을 게 아니라면 돋보여야지. 근데 그게 참 어려운 거야. 일부러 돋보이려고 안 하는데 돋보이는 거."

두 사람의 말을 들으며 태웅은 곰곰이 생각했다.

'그게 어려운 건가?'

『배우, 미친 흡입력』 3권에 계속…

초대형 24시 만화방

신간 100%, 샤워실, 흡연실, 수면실(침대석), 커플석, 세탁기 완비

■ 광명 광명사거리역점 ■

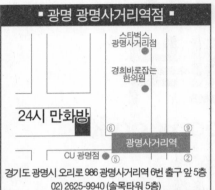

경기도 광명시 오리로 986 광명사거리역 6번 출구 앞 5층
02) 2625-9940 (솔목타워 5층)

■ 강북 노원역점 ■

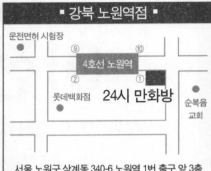

서울 노원구 상계동 340-6 노원역 1번 출구 앞 3층
02) 951-8324 (화용빌딩 3층)

■ 일산 정발산역점 ■

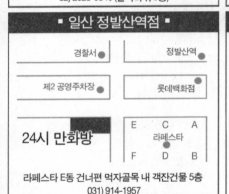

라페스타 E동 건너편 먹자골목 내 객잔건물 5층
031) 914-1957

■ 일산 화정역점 ■

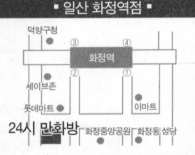

경기도 고양시 덕양구 화정동 984번지 서일빌딩 7층
031) 979-4874 (서일사우나 건물 7층)

■ 부천 역곡역점 ■

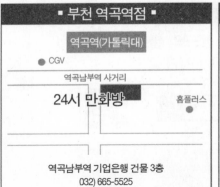

역곡남부역 기업은행 건물 3층
032) 665-5525

■ 부평역점 ■

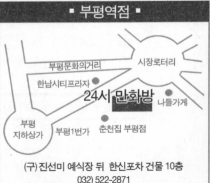

(구) 진선미 예식장 뒤 한신포차 건물 10층
032) 522-2871

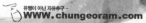

이경영 판타지 장편소설

FANTASY FRONTIER SPIRIT

그라니트

용들의 땅

GRANITE

사고로 위장된 사건에 의해 동료를 모두 잃고 서로를 만나게 된 '치프' 와 '데스디아'.
사건의 이면에 상식을 벗어난 음모가 있음을 알게 된 둘은
동료들의 죽음을 가슴에 새긴 채 각자의 고향으로 돌아간다.
2년 후, 뜻하지 않게 다시 만난 두 사람은 동료들의 복수를 위해
개척용역회사 '그라니트 용역' 을 설립해 다시금 그 땅을 찾게 되는데……

용들이 지배하는 땅 그라니트!
그곳에서 펼쳐지는 고대로부터 이어지는 운명적 만남,
깊어지는 오해, 그리고 채워지는 상처.

『가즈 나이트』시리즈 이경영 작가의 미래형 판타지 신작!

Book Publishing CHUNGEORAM

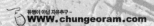 유행이 아닌 자유추구 ~
WWW.chungeoram.com

아우스

마도 시대의 시작

FUSION FANTASTIC STORY

강준헌 장편소설

여덟 번의 죽음을 겪었고, 아홉 번의 삶을 살았다.
그리고 열 번째,
난 노예 소년 아우스로 환생했다.

푸줏간집 아들, 고아, 불량배, 서커스단원, 남작의 시동 등…
아홉 번의 삶을 산 나는 참으로 운이 없었다.

나는 더 이상 과거의 내가 아니다!
내가 꿈꾸던 새로운 삶을 살 것이다!

Book Publishing CHUNGEORAM

유행이 아닌 자유추구 -
WWW.chungeoram.com

신가 新무협 판타지 소설

FANTASTIC ORIENTAL HEROES

弘源

홍원

원치 않은 의뢰에 대한 거부권,
죽어 마땅한 자에 대한 의뢰만 취급하겠다는 신념.
은살림(隱殺林) 제일 살수, 살수명 죽림(竹林).
마지막 의뢰를 수행하던 중, 괴이한 꿈을 꾼다.

"마지막 의뢰에 이 무슨 재수 없는 꿈인가."

그리고 꿈은, 그의 삶을 송두리째 뒤바꾼다.
하나의 갈림길, 또 다른 선택.
그 선택이 낳는 무수한 갈림길……

살수 죽림(竹林)이 아닌,
사람 장홍원의 몽환적인 여행이 시작된다!

Book Publishing CHUNGEORAM

유행이 아닌 자유추구 ~
WWW.chungeoram.com